벨리퉁 섬의 무지개 학교 2

지은이_ 안드레아 히라타

인도네시아의 소설가다. 첫 소설 『벨리퉁 섬의 무지개 학교』는 인도네시아에서 소설 판매기록을 갈아치우고, 히라타를 인도네시아 최고의 베스트셀러 작가로 등극시켰다. 현재까지 5백만 부 이상 팔렸으며, 현대 인도네시아 문학의 발전에 지대한 공헌을 했다. 히라타는 인도네시아 대학에서 공부했으며 유럽연합에서 주는 장학금으로 프랑스와 영국에서 유학하였고, 학위를 받은 이후에는 통신회사에 취직하였다. 『벨리퉁 섬의 무지개 학교』 이후 소설 『몽상가 The dreamer』, 『에덴서 Edensor』 등을 출간하였다.

옮긴이_ 김선희

한국외국어대학교를 졸업하고, 2007년 뮌헨 국제청소년도서관(IJB)에서 Fellowship으로 아동 및 청소년 문학을 공부했다. 현재 대학원에서 '외국어로서의 한국어 교육'을 공부하며 글을 쓰거나 번역, 강의를 하고 있다. 그동안 옮긴 책으로는 『홈으로 슬라이딩』, 『에르끼 아호의 핀란드 교육개혁 보고서』, 『짝퉁 인디언의 생짜일기』, 『내 이름은 도둑』 등이 있고, 쓴 책으로는 『얼음공주 투란도트』, 『우리 음식에 담긴 12가지 역사 이야기』, 『둥글둥글 지구촌 음식이야기』 등 50여 권이 있다. http://thinkwalden.blog.me/

벨리퉁 섬의 무지개 학교 2

지은이 안드레아 하리타 | **옮긴이** 김선희 | **처음 펴낸날** 2011년 7월 9일 | **2쇄 펴낸날** 2012년 12월 7일 | **펴낸곳** 이론과실천 | **펴낸이** 김인미 | **등록** 제10-1291호 | **주소** 121-829 서울시 마포구 상수동 323-2 2층 | **전화** 02-714-9800 | **팩시밀리** 02-702-6655

THE RAINBOW TROOPS
by Andrea Hirata
Translated from *Laskar Pelangi*, Published by Bentang Pustaka
ⓒ Andrea Hirata, 2009
All rights reserved.
Korean edition Copyright ⓒ 2011 by Theory and Praxis Publishing Co.
Korean language edition arranged through Amer-Asia Books, Inc.
(GlobalBookRights.com. All rights reserved)

이 책의 한국어판 저작권은 PubHub 에이전시를 통한 저작권자와의 독점계약으로 도서출판 이론과 실천에 있습니다. 저작권법에 의해 한국 내에서 보호를 받는 저작물이므로 무단 전제와 복제를 금합니다.

Andrea Hirata's Official Websites:
www.sastrabelitong.multiply.com

978-89-313-6034-9 04890
978-89-313-6032-5 (전2권)
*값 11,000원
*잘못된 책은 바꾸어 드립니다.

The Rainbow Troops

벨리퉁 섬의 무지개 학교 2

안드레아 히라타 지음 | 김선희 옮김

이론과 실천

나는 이 책을 우리 선생님께 바칩니다.
이부 무스리마 하프사리와 바팍 하르판 에펜디 누르.
아울러 내 열 명의 어릴 적 친구, 무지개 분대 대원들에게도.

2권
차례

옮긴이의 말...... 10

22장. 소녀 수색작전...... 15
23장. 내 방, 어디든 네 얼굴이 있으니까...... 31
24장. 나는 산꼭대기에서 당신에게 바칠 꽃을 꺾을 겁니다...... 37
25장. 빌리토나이트...... 45
26장. 성난 도깨비들...... 53
27장. 에덴서...... 59
28장. 학교 밑에 숨어 있는 보물...... 68
29장. 플랜 B...... 81
30장. 린탕의 두 번째 약속...... 91
31장. 하늘처럼 넓은 마음을 가진 교장선생님...... 117
32장. 유령 팬클럽의 비서가 되다!...... 124
33장. 이소룡, 대통령 되다!...... 133
34장. 놀란 토끼...... 141
35장. 학교로 돌아와라...... 149
36장. 절반의 영혼...... 156
37장. 왕에게 도전장을 낸 어린 소녀...... 161
38장. 지금 보니 천국이 우리 마을에 있네요...... 173
39장. 가난을 이용하는 사람들...... 182
40장. 선생님과의 약속...... 186
41장. 해적섬...... 194
42장. 주술사의 메시지...... 203
43장. 엘비스, 벨리퉁을 떠나다...... 209

그로부터 12년 뒤……

44장. 신의 예언…… **222**
45장. 플랜 C…… **237**
46장. 린탕의 세 번째 약속…… **247**
47장. 벨리퉁 섬, 아이러니의 섬…… **255**
48장. 포기하지 마라…… **262**

1권
차례

옮긴이의 말...... 10

1장. 입학생 열 명...... 15
2장. 소나무 아저씨...... 25
3장. 텅 빈 유리 장식장...... 34
4장. 곰 할아버지...... 40
5장. 플로...... 48
6장. 권리 없는 사람들...... 59
7장. 린탕의 첫 번째 약속...... 72
8장. 정신병 No. 5...... 78
9장. 악어 주술사...... 94
10장. 두 번씩이나 영웅이 되다!...... 110
11장. 대단한 린탕!...... 127
12장. 음치...... 139
13장. 몽상가...... 149
14장. 어머니를 위한 성적표...... 161
15장. 그해 처음 내리는 비...... 170
16장. 천상의 시, 그리고 펠린탕 풀라우 새 떼...... 176
17장. 초라한 잡화점에서의 사랑...... 189
18장. 걸작...... 210
19장. 완벽한 시나리오...... 223
20장. 상사병...... 233
21장. 보물찾기...... 250

일러두기

1. 이 번역서는 2009년도 Bentang Pustaka에서 출간된 영문판 『The Rainbow Troops』를 원전으로 사용했습니다.
2. 각주는 모두 역자 주입니다.
3. 인도네시아식 긴 인명, 지명 등은 단순화하여 표기했습니다.
4. 본문의 괄호는 작가의 숨은 뜻이기에 그대로 살렸습니다.

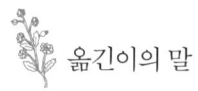 옮긴이의 말

"투박하지만 따뜻하다!"

"투박하지만 따뜻하다."

이 소설을 영화화한 작품을 본 어느 누리꾼의 말이다. 이 말만큼 이 작품을 한 마디로 요약하기도 쉽지 않을 듯하다.

인도네시아 벨리퉁의 작은 마을. 벨리퉁은 주석산지로 유명하다. 그 탓에 한때 네덜란드의 식민지였으나 지금은 말레이인, 중국인을 비롯해 여러 종족이 함께 어울려 살고 있다.

"멀리서 본다면, 이 마을은 이 세상에서 가장 부유한 마을처럼 보일 것이다. 하지만 자세히 들여다보면, 이 섬의 부(富)는 한곳에 모여 있는 걸 금세 알 수 있다. 높은 벽 안……."

PN 티마(Timah)라는 회사가 엄청난 천연자원을 개발하고 있다. 그 이익은 고스란히 회사의 손에 들어간다. 부자들이 사는 곳은 높은 담장으로 외부와 분리된 채 철통같은 보안을 자랑하고 있다. 그곳은 이 책의 주인공들에게는 장벽 너머 딴 세상이다. 벨리퉁 원주민들은 대부분 PN에서 일하는 하층 노동자(쿨리)로, 이슬람교도이다. '나, 이칼'의 아버지도 마찬가지다. 쌀이 가득한 헛간에 갇혀 있는데도 쫄쫄 굶고 있다.

폐교 위기에 놓인 이 원주민들의 학교. 열 명의 학생 수를 채우지 못하면 학교는 문을 닫아야 한다. 하지만 이미 그곳에 모인 학생들은 그곳 말고는 공부할 곳이 없다. 용돈을 벌기 위해 사나운 악어가 득실거리는 늪에 들어가 골프공을 찾아와야 하는 형편의 아이들이 학비 비싼 PN 학교를 다닐 처지는 당연히 못 된다. 이렇게 공부하기 힘들 바에야 아예 때려치우고 일찌감치 돈이나 벌까? 책상에 앉아서도 아이들의 머리는 후추농장, 고기잡이 배, 시장을 떠나지 않았다. 먹고 살기도 힘든 가난한 섬 아이들에게 공부는 사치처럼 보였다.

아이러니하게도 교육이 인간의 기본 권리라는 것을 알지도, 누리지도 못하는 폐교 위기 속 열 명의 아이들은 퍽이나 사랑스럽다…….

여성 인권운동가가 되고 싶은 이 학교의 유일한 여학생 사하라, 꽃미남 마마보이 트라파니, 3이란 숫자만 엄청 좋아하는 하룬, 그렇게나 먹어대는데도 몸집이 가장 작은 미래의 연극배우 사흐단, 권모술수가 능해 어릴 적부터 정치적 수완을 잘 발휘하는 반장 쿠카이, 몸짱 만들기에 푹 빠진 보렉(삼손), 중국인 농부의 아들 아 키옹, 그리고 하늘이 내린 천재 바닷가 소년 린탕, 학교의 우뇌를 책임지고 있는 예술가 마하르, 그리고 이 책의 화자 이칼.

작가 안드레아 히라타는 자신의 어릴 적 경험과 추억을 자전적 성장소설 『벨리퉁 섬의 무지개 학교 The Rainbow Troops』에 담아냈다. 이 책은 당시 사회적 변화의 배경 위에 어린 시절 향수를 덧대어 고생스러웠지만 낭만적인 성장기를 그려, 2005년 인도네시아에서 출간된 이래 500만 부 이상 팔리며 2009년까지 인도네시아 최고의 베스트셀러로 굳건히 자리 잡고 있다.

2008년, 이 작품은 영화로도 만들어져 인도네시아 최고의 흥행 기록을 세웠으며, 우리나라에는 2009년 부산국제영화제에 〈무지개 분대〉라는 제목으로 소개되었다.

교육을 위해 젊음을 바친 어린 여선생님과 이 천진난만한 학생들이 학교를 지켜내기 위해 무지개처럼 아름다운 미래를 꿈꾸는 고군분투의 과정을 읽다 보면 수시로 가슴이 먹먹하고 목이 뻣뻣해온다. "대학 등록금이 싸면 양질의 교육을 받을 수 없다."
고 했던 이들은 어쩌면 그 말을 남몰래 주워 담고 싶을지도 모르
겠다.

2010년 겨울

김선희

소녀 수색작전

모기 방역사 아저씨가 했던 말이 사실로 드러났다. 오늘, 안전모를 쓰고 손에 드릴을 든 남자 네 명이 우리 학교 마당에 나타났다. PN 조사관들이었다. 이들의 임무는 토양 표본을 채집해 주석 함량을 측정하는 것이었다. 주석 함량이 정말로 높게 나오면, 이들은 주석을 캐러 준설기를 우리 코앞으로 몰 것이다.

우리는 무하마디아 초등학교 근처 주석 함량이 낮아 준설기가 우리 학교를 가루로 만드는 일이 없기를 기도하고 바랄 수밖에 없었다. 우리는 여전히 먹고사는 데 허덕였으며, 학교 문을 닫아 버리고야 말겠다는 사마디쿤 씨의 위협은 아직 서슬 퍼렇게 살아 있었다. 이제 준설기 문제까지 직면했으니, 문제가 더욱 복잡해진 것일까?

하지만 당분간은 다른 것에 마음을 빼앗기게 되었다. 아주 근사하고 교양 있어 보이는 남자 하나가 유니폼을 입고 나타났기 때문이었다. 유니폼 주머니에는 '보이스카우트' 문양이 달려 있었다. 그 남자가 물었다.

"여기에 스카우트가 있습니까?"

부 무스 선생님은 아니라고 고개를 저었다. 우리는 그럴 여유가 없었으니까. 우리는 한 번도 보이스카우트를 모집해본 적이 없었다. 입고 다니는 옷에 단추도 제대로 달려 있지 않았다. 스카우트 유니폼을 마련할 형편이 못 되었다.

그 남자가 여러 학교 스카우트의 도움이 필요하다고 했다. 셀루마 산에서 실종된 어린 여학생을 찾기 위해서란다.

"하지만 무지개 분대는 있는데요."

마하르가 지원하고 나섰다.

"무지개 분대가 뭐지?"

마하르는 무지개와 벨리퉁의 고대 식인종의 연결고리를 진지하게 설명했다. 부 무스 선생님과 유니폼을 입은 그 남자는 머리를 긁적거렸다. 모두 할 말을 잃었다.

"우리도 도울 수 있어요."

마하르가 확신에 찬 목소리로 말했다.

우리가 셀루마 산언덕에 도착했을 때는 이미 늦은 오후였다. 경찰, 구조팀, 스카우트 등 도움을 주러 온 많은 사람들이 실종된 어린 소녀를 찾기 위해 산에 오를 준비를 하고 있었다. 분명, 실종된 소녀는 사유지 출신이었다. PN 학교 학생인데, 하이킹을 하던 중 반 친구들 대열에서 낙오됐다. 가족과 선생님들은 미친 듯이 울고불고 난리를 피웠다.

개들이 여기저기 짖어대고, 소녀의 이름을 애타게 부르는 확성기 굉음이 울려 퍼졌다. 확성기를 통해 실종된 소녀의 이름을 알았다. 플로.

저녁이 거의 다 되었다. 사람들의 얼굴에는 모두 걱정스러운 표정이 역력했다. 작년, 소년 두 명이 길을 잃었는데, 3일 뒤 메당 나무 아래서 몸을 웅크린 채 발견되었다. 배고픔과 저체온으로 죽었던 것이다.

셀루마 산의 형세는 아주 독특하다. 어떤 각도에서 보든 숲은 똑같아 보인다. 사람들은 자신이 어디쯤 있는지 안다고 생각하지만 실은 제대로 알지 못하고 숲 속 깊숙이 들어가버리고 만다.

어쩌면 플로는 남쪽에서 길을 잃었을 수도 있다. 급류로 가득한 링강 강 지류의 물살을 향하고 있는지도 모른다. 그곳, 평평하게 펼쳐진 평지 위에 위험지대인 유사(流砂)¹가 놓여 있다. 단단해 보이지만, 일단 발을 들여놓으면 몸뚱이가 그대로 곧장 빨려 들어간다.

만약 플로가 불행히도 북쪽에서 길을 잃었다면, 그건 죽음의 문을 통과해 걸어가는 거다. 그곳에서 살아 돌아온 사람은 아무도 없었다. 거기는 부타 강이라는 무시무시한 강으로 막혀 있는데, 그 강은 골짜기에서 끝났다. 마을 사람들이 그것을 '부타' 강이라고 부르는 이유는 그 강이 끔찍하기 때문이었다. '부타' 란 어둡고 막다르고 흔적을 남기지 않고 출구가 없이 막혀 있다는 뜻이다. 다시 말해 죽음을 뜻한다.

부타 강은 두려움의 대상이었다. 강 표면은 호수처럼 잔잔하고 유리처럼 고요하다. 하지만 그 평온한 표면 아래에는 치명적인 죽음이 도사리고 있다. 거대한 악어와 시커먼 바닥에 사는 뱀. 부타 강에 사는 뱀은 성질이 무척 사납다. 악어는 낮은 나뭇가지에 매달려 있는 원숭이를 호시탐탐 노렸다. 배에 타고 있는 사람들한테 덤벼들기도 했다. 늙은 호주산 소나무가 강물 한가운데 떠 있다. 대부분 죽은 나무인데, 머리칼을 쭈뼛 서게 만드는 풍경을 연출했다. 마치 먹잇감이 지나가기를 기다리며 강 표면

---

1 사람이나 물건이 빨려 들어가는 유동성 모래.

22장 • 소녀 수색작전

위를 배회하고 있는 거대한 유령처럼 보였다.

만약 플로가 정말 북쪽에서 길을 잃었다면, 살아서 돌아올 수 없을 것이다. 그 애는 가파른 화강암 산등성이를 기어오를 힘이 없을 테니까. 그랬다가는 십중팔구 미끄러져 떨어져 결국 자그마한 몸은 추락하고 말 것이다. 그 애의 유일한 선택은 부타 강을 건너는 것이다. 강을 건너려면 먼저 가슴 높이까지 차는 야생 백합 밭을 빠져나와야 했다. 하지만 백합이 핀 곳으로의 첫 발자국은 분명 마지막 발걸음이 될 것이다. 그 지역은 벨리퉁의 사나운 악어들의 최대 서식지였으니까.

밤이 되었다. 플로는 열 시간째 실종 상태였다. 어떤 희망의 불빛도 우리의 수색을 밝혀주지 못했다. 가엾은 아이는 혼자 칠흑 같은 숲에 남아 있었다. 다리가 부러졌거나 의식 불명 상태일지도 몰랐다. 어쩌면 나무 아래 깔린 건지도 몰랐다. 엉엉 울고불고 소리치며 몸서리를 치면서…….

이런 모든 아수라장 속에서, 몇몇 사람들이 툭 바얀 툴라는 노인에게 도움을 청해보자고 했다.

툭 바얀 툴라는 악명 높은 주술사다. 사람들이 말하길, 그 주술사는 안개처럼 날아올라 바싹 마른 잎사귀 뒤에 숨을 수 있다고 했다. 눈 한 번 깜빡여 등잔불을 끌 수도 있었다. 악어 주술사 보뎅가보다 훨씬 더 힘이 셌다. 사실, 다른 주술사들보다 더 힘이 셌다. 그 힘에 견줄 자는 아무도 없었다. 이 세상에서 유일하게 마법으로 강을 건널 수 있는 주술사였다. 주문을 한 번 외우기만 해도 자바 섬에 사는 사람을 죽일 수도 있었다.

말레이 마을 사람들은 툭 바얀 툴라가 반은 인간이고 반은 신이라고 믿었다. 보다 정확히 말하면, 반은 귀신이라고.

이소룡과 더불어, 툭 바얀 툴라는 마하르가 열렬히 따르는 또 하나의 우상이었다. 아 키옹이 언제나 마하르의 영적인 학생이 되기를 열망했던 것처럼, 마하르는 그 신적인 주술사의 영적인 학생이 되기를 바라 마지않았다.

몇 사람을 대표로 뽑아 툭 바얀 툴라가 살고 있는 섬으로 보냈다. 그 섬은 해적섬이라고 했다. 사람들은 PN 쾌속선을 타고 섬으로 출발했다.

날이 밝자 그곳에 갔던 사람들이 돌아왔다. 그 사람들은 기적을 바라는, 말도 안 되는 희망을 품은 사람들로부터 환대받았다. 하지만 그 비합리성조차도 그냥 포기해버리는 것보다는 훨씬 나았다. 우리는 플로를 찾아 온갖 곳을 헤맸다. 그 애의 흔적은 여전히 오리무중이었다.

파견단은 주술사가 준 종이 한 장을 들고 왔다. 그들이 들려준 이야기에 우리는 등골이 오싹했다.

"주술사는 어두컴컴한 동굴에 살고 있어. 눈이 앵무새 눈처럼 빛났지. 몸에 달랑 천 조각 하나를 두르고 있었어."

누군가 떨리는 목소리로 말했다.

마하르는 귀를 쫑긋 세운 채 입을 떡 벌렸다.

"걸을 때, 다리가 땅에 닿지도 않았다니까!"

수년 동안, 나는 무하마디아 학교의 유능한 두 분 선생님으로부터 가르침을 받았다. 합리적인 사고방식의 올바름을 믿고 샤머니즘의 다신교적 세상을 피하라고 말이다. 그러니 그 이야기가 믿기지 않았다. 하지만 이 소식은 파견단원들이 직접 해준 말이다. 동네 찻집에서 잘난 체 떠들어대는 사람들이 만들어낸 이야기가 아니란 말이다. 마하르는 이제 툭 바얀 툴라를 더욱더 우러러보았다.

파견단 대표는 주술사가 건넨 종이를 펼쳐 읽었다.

이것은 툭 바얀 툴라의 지시다.

그 소녀를 찾고 싶다면, 논밭에 버려진 판잣집 근처에서 찾아라. 빨리 찾지 않으면, 그 아이는 맹그로브 뿌리 속에 빠져 죽을 것이다.

나는 그 메시지가 당혹스러웠다. 위협적인 메시지였다. 아니 보다 정확히 말하자면 협박하는 메시지였다. 하지만 그 메시지가 상당한 위력을 지녔다는 것을 부인할 수는 없었다. 그의 단어 선택은 정확했고, 높은 수준의 초자연적인 능력을 드러냈다.

주술사가 거짓말쟁이라면, 틀림없이 아주 교묘한 사람일 것이다. 만약 진짜 주술사였다면, 사기꾼은 아니었다. 그 메시지는 주술사의 명성이 달린 것이었다. 거기에는 애매하거나 숨겨진 의미는 전혀 없었다.

주술사의 능력을 시험해보기를 원했다면, 이것은 좋은 기회였다. 우리는 논리 따위는 내팽개치고 그 지시를 따라야 했다. 플로가 이내 논밭의 버려진 판잣집에서 발견되지 않는다면, 아니면 맹그로브 뿌리의 갈라진 틈에서 죽어 있지 않는다면, 그렇다면 그 전설과도 같은 주술사는 길가의 야바위꾼에 지나지 않는다. 주사위놀이를 좋아하는 사람은 모두 사기꾼이다. 만약 주술사가 우리를 속이는 사기꾼에 불과하다면, 그렇다면 나는 개인적으로 해적섬으로 가서 그 변변찮은 옷을 잡아당겨 몸을 흔들어버릴 테다.

22장 • 소녀 수색작전

윤작으로 농사를 짓는 것은 여전히 흔한 농사법이다. 그래서 수색에 어려움이 따를 가능성이 매우 높았다. 어느 논밭에 버려진 판잣집이 있는지 알아내는 게 그다지 쉬운 일이 아니기 때문이었다. 사실, 언덕에는 버려진 판잣집이 꽤 있었다. 그리고 그 판잣집들은 주석 도굴꾼들의 비밀스러운 은신처로 사용되었다. 불법 도굴꾼이 산에서 주석을 파내 링강 강어귀에서 어부로 위장한 밀수업자들한테 팔아넘겼고, 그 주석은 싱가포르로 팔려나갔다. 불법 도굴꾼들이 판잣집을 짓고, 그곳을 농지로 위장하기도 했다.

도둑질과 밀수는 아주 오래된 직업이었다. 이런 범죄행위들(물론, PN의 관점에서 볼 때 그렇다는 말이다.)은 17세기로 거슬러 올라가 네덜란드인들이 중국계 하카족을 벨리퉁에 데려와 광산 일꾼으로 부리기 시작한 이후로 널리 퍼졌다.

PN은 불법 도굴꾼과 밀수꾼을 아주 가혹하고 무자비하게 다루었다. 도굴꾼과 밀수업자의 행동은 있을 수 없는 범죄행위였다. 도굴꾼들이 도둑으로 발각되는 평온한 산에서, 밀수업자들이 해적으로 간주되는 바다에서, 법률 따위는 필요 없었다. 일단 잡히기만 하면, '주석 특수경찰'로 알려진 고약한 사람들이 쏜

AK 47 총알에 머리가 박살나버리고 말았다.

 마하르의 지시에 따라, 우리 무지개 분대는 북쪽 부타 강의 위험이 도사리고 있는 길로 이동했다.

 그곳으로 가는 내내, 우리는 수십 곳의 논밭과 판잣집 앞에서 걸음을 멈추었고, 맹그로브 뿌리의 갈라진 틈을 훑어보았다. 하지만 아무것도 없었다. 플로는 사라졌다. 마치 땅이 집어삼킨 것 같았다. 그 애의 이름을 부르느라 우리의 목은 쉬어버렸다.

 판잣집을 하나하나 수색해보았지만 플로는 보이지 않았다. 플로가 없는 오두막을 한 번 뒤질 때마다 주술사의 명성은 신용을 하나씩 잃어갔다. 정오가 다가오자 주술사의 명성은 우리 눈앞에서 산산이 부서진 듯했다. 우리는 눈에 보이지 않는 주술사의 권능을 의심하기 시작했다. 마하르는 우리가 텅 빈 판잣집을 뒤지며 불평을 할 때마다 화가 난 표정이었다. 주술사를 욕하는 소리를 들으면 더욱 화를 냈다.

 "만약 그 주술사가 앵무새로 변신할 수 있다면, 우리가 이렇게 찾아다닐 필요가 없잖아."

 마침내, 우리는 툭 튀어나온 커다란 바위에 도착했다. 우리는 그곳에 앉아 쉬며, 기운을 차렸다. 이곳은 북쪽 언덕의 끝이었다. 그 뒤로는 약 0.5킬로미터 아래쪽에 부타 강 지역의 치명적인 위험이 도사리고 있었다.

아직도 플로는 찾지 못했다. 북쪽 경사면을 놓고 보았을 때, 주술사의 메시지는 거짓임이 판명되었다. 우리는 무전기로 서쪽, 동쪽, 남쪽의 진행상황을 알아보았다. 플로는 어디에도 없었다. 이 모든 것은 단 하나의 사실, 즉 주술사가 거짓말쟁이라는 것을 의미했다.

마하르의 얼굴은 일그러졌다. 울음을 터트릴 듯했다. 마치 평생 사랑하던 사람한테서 배반당한 얼굴이었다. 주술사는 마하르의 가슴을 찢어놓았다. 자신이 마하르가 우러러보는 영웅이라는 사실도 모른 채 말이다. 그건 맹목적인 신념의 결과였다.

나 또한 슬펐다. 주술사의 전지전능함이 산산이 부서졌기 때문이 아니라 플로에게 닥친 끔찍한 운명을 생각했기 때문이었다. 그 애를 찾지 못할 가능성이 무척 컸다. 찾는다 해도 까마귀가 쪼아 먹은 해골만 남아 있을지도 몰랐다. 단지 몇 시간 늦게 도착했기에 그 애가 헛되이 죽음을 맞는다면 정말 비참할 거다. 먹을 것 하나 없이 차가운 밤에 목숨을 부지하기는 어렵다. 나는 이미 시간이 '너무 늦은' 게 아닌가 하고 생각했다.

하룬은 마하르의 어깨를 토닥였다. 마하르는 아무 말도 하지 않은 채 풀이 죽었다. 부타 강과 백합이 흐드러지게 핀 습지를 가만히 내려다보고 있었다. 우리는 자리에서 일어나 짐을 챙겨 집으로 갈 채비를 했다. 출발하기에 앞서, 사흐단은 자기 목에 두르고 있던 플라스틱 장난감 쌍안경을 한 번 보기로 했다. 사흐단은 부타 강가에 초점을 맞추었다. 우리는 이미 바위에서 내려와 있었다. 그때 사흐단이 소리쳤다. 그건 운명의 외침이었다.

"저기 봐, 강 가장자리에 있는 망고나무."

마하르는 즉각 사흐단의 쌍안경을 부여잡았다. 마하르는 바위 끝으로 달려가 아래를 내려다보았다.

"저기 판잣집이 있어!"

마하르가 활기를 띠며 말했다.

"저 아래로 가보자!"

우리는 말도 안 되는 소리에 깜짝 놀랐다. 지금껏 입을 다물고 있던 쿠카이는 마하르의 어리석음이 도를 넘었다고 생각했다. 반장으로서 쿠카이는 책임감을 느꼈다.

"뭐라고, 너 미쳤어?"

쿠카이가 버럭 화를 내며 고함쳤다. 사나운 붉게 충혈된 눈은 화가 잔뜩 나 있었다. 협박하는 듯한 눈빛이 마하르 옆에 입을 떠억 벌리고 서 있던 하룬에게 꽂혔다.

"네 그 돌대가리를 위해 내가 설명해주지. 저 아래는 논밭이 있을 리 없어. 제정신이 박힌 사람이라면 부타 강가에 논밭을 일구지 않으니까. 헛된 죽음을 스스로 원하는 게 아니라면 말이야!"

마하르는 쿠카이를 차갑게 응시했다.

"머리를 쓰라고! 이봐, 집에 가자!"

쿠카이는 그렇게 자기 호언장담을 마무리 지었다.

마하르는 꿈쩍도 하지 않았다. 우리 중 가장 나이가 많은 하룬은 마하르에게 부드럽게 조언했다.

"가자, 집에 가자……. 이 산은 이미 한 아이를 잡아먹었어. 어서, 마하르, 집에 가자."

마하르는 못 들은 체했다. 우리는 출발했다. 우리가 움직이자, 마하르는 아주 차분하게 말했다.

"너희들은 전부 집에 가, 나 혼자 내려갈 테니까."

그래서 우리는 함께 아래로 내려갔지만, 그 아래에서 플로를 찾을 가능성은 없다고 생각했다. 우리는 싸구려 아이들 장난감으로 무심코 아래쪽을 내려다본 사흐단에게 마구 욕을 퍼부었다. 사흐단도 후회했다. 하지만 후회하기에는 이미 너무 늦었다.

그렇게 우리는 죽음의 지대로 향했다. 부타 강의 범람원[2]으로. 그저 마하르와 함께하기 위해서였다. 우리는 마하르를 따라갔

---

2 홍수 때에 하천의 물길에서 넘쳐흐른 물로 뒤덮이는 평원.

다. 마하르의 자기만족을 위해, 어리석음에서 마하르를 보호해 주기 위해서. 우리는 주술사를 무작정 믿는 마하르가 꼴도 보기 싫었다. 그래도 마하르는 여전히 우리의 친구였고, 무지개 분대의 일원이었다. 나는 잘 알고 있었다. 만약 나중에 플로를 찾지 못하면, 내가 맨 먼저 마하르에게 바보 멍청이라고 욕을 할 사람이라는 것을. 아, 이 빌어먹을 우정. 때로 지나친 것을 요구하기도 한다.

네 번째 도덕적 교훈. 주술사에게 사로잡혀 있는 사람하고는 절대로 친구가 되지 말 것.

아래로 내려가자, 부타 강에 얽힌 무시무시한 얘기가 조금도 과장이 아니란 걸 알게 되었다. 우리는 분명 신참자들에게는 적대적인 지대로 들어섰다. 이런 장소는 사납고 기괴하고 잔인한 텃세의 습성이 있는 생명체가 지배한다. 야자나무 덤불의 축축한 물은 사악한 영혼과 온갖 유령들이 번식하는 왕국처럼 보였다. 갖가지 모양과 크기의 왕도마뱀들이 미끄러지듯 지나갔다. 우리가 나타나도 아랑곳하지 않았다. 인간을 전혀 무서워하지 않는 듯했다. 그중 몇몇은 우리를 공격할 태세였다.

그곳에 가본 사람은 거의 없었다. 거기에 가본 사람 중 가장 어리석은 작자는 바로 우리일 것이다. 우리는 아무 말 없이 조심조심 발을 내디뎠다. 모두 사롱[3]에서 마체테[4]를 꺼냈다. 그리고 일렬로 서서 앞사람의 등을 보며 걸었다. 뭔가 물에 철썩 튀기며 날카로운 소리가 들렸다. 그것은 자로 잴 수 없을 정도로 어마어마하게 커다란 악어의 입이 닫히는 소리였다. 뱀이 나뭇가지에 주렁주렁 매달려 있었다.

판잣집은 우리 앞 100미터쯤에 있었다. 가까이 다가갈수록, 더욱 또렷하고 더욱 신비해보였다. 그것은 실제로 버려진 논밭 근처에 있었다. 이곳에 밭을 일구어 놓은 대담한 사람은 도대체 누구란 말인가?

그 논밭은 부타 강 가장자리 바로 옆에 있었다. 정말 위험천만이었다. 이곳의 주인은 자신의 안전은 안중에도 없이 분명 물 가까이 있고 싶었나 보다. 바보가 따로 없다. 어쩌면 그 어리석음이 그 사람의 삶을 끝냈을지도 몰랐다. 그것이 이 논밭에 아무도 살지 않는 이유일 것이다. 어떤 경우든, 그가 누구든, 그는 분명 이 땅을 경작하지 않았다. 왜냐하면 식물을 약탈하며 빌붙어 사는 동물들이 어마어마하게 많았다. 원숭이 군단과 다람쥐 떼가 이 땅을 지배하고 있었다.

무언가가 우리의 관심을 끌었다. 판잣집 근처의 로즈애플 나

---

3 미얀마, 인도, 말레이 반도 등에서 남녀가 스커트처럼 허리에 두르는 옷.
4 벌채용 칼.

뭇가지가 마치 금방이라도 무너져 내리기라도 할 것처럼 마구 흔들렸던 것이다. 탐욕스러운 긴꼬리원숭이의 짓이 틀림없었다.

우리는 조심조심 로즈애플 나무 가까이 다가갔다. 그러면서 어떻게 공격할까 생각했다. 원숭이들은 나뭇가지에서 야단법석을 떨고 있었다. 그 나무는 알록달록한 잎사귀로 덮여 있어서 원숭이들은 우리를 알아차리지 못했다. 가까이 다가갈수록, 원숭이들은 점점 더 사나워졌다. 나뭇가지를 흔들어 익어가는 열매들을 떨어트렸다. 조심성 없는 천성 그대로였다. 우리는 그놈들을 현행범으로 잡아 깜짝 놀래주고 싶었다. 플로를 찾지 못한 실망감을 대신해줄 신나는 놀이 방법으로 말이다.

우리는 나뭇가지 아래로 뛰어 들어가 원숭이를 놀래주려 큰소리로 외쳤다. 그 순간 상황이 뒤바뀌었다. 우리는 새하얀, 행복해 보이는 원숭이 한 마리가 나뭇가지 위에서 한가로이 자리 잡고 있는 것을 보고 놀라움을 금치 못했다. 마치 말 타기 놀이를 하는 아이 같았다. 이제 막 잠에서 깨어나 얼굴을 씻을 시간조차 없었던 것 같았다. 기겁해 하얗게 질린 우리 모습을 보고는 깔깔깔 웃음을 터트렸다. 플로, 이 철부지를 찾았다!

내 방, 어디든 네 얼굴이 있으니까

    나는 그 남자가 말을 타고 있는 모습을, 쿠빌라이 칸처럼 동물의 위장을 손에 들고 있는 모습을 책에서 보았다. 눈은 마치 작살의 신이 그의 가슴을 뚫기라도 한 것처럼 번득였다. 그 남자가 수컷 무스(큰 사슴)를 향해 살금살금 기어갈 때 나는 피가 끓어올랐다. 책장이 절로 넘어갔다. 그 남자가 다른 종족의 피가 섞인 여자들과는 사랑하지 않을 것이라고 말했을 때, 이 모든 것은 그 남자가 자신의 정맥을 통해 흐르는 피쿼트족 토착 원주민의 혈통을 보존하기를 원했기 때문이었다. 그 남자가 자기 부족의 마지막 생존자였다는 점이 가장 슬픈 부분이었다.

    그래서 그 남자는 안장도 얹지 않은 말을 타고 혼자서 옐로스톤의 드넓은 대평원을 정처 없이 떠돌았다. 하루 종일 소리 높여

울며 태양에 맞서 춤을 추었기에, 시력을 점점 잃어갔다. 그 남자는 코요테 사이에서 자기 부족 출신의 여자가 나타나기를 바라며 사방을 기어 다녔다. 신이 스쿼미시족 여자들을 만들어냈을 때처럼 말이다. 하지만 시간은 바람만 가져왔을 뿐, 그 남자를 잔인하게 배반했다. 그 남자는 점점 늙어갔다. 그리고 죽음이 그 약속을 실행에 옮겼을 때, 그 남자는 총각으로 혼자서 살다 죽었다. 그날 아침, 하늘은 순수한 피쿼트족의 혈통을 두 팔 벌려 환영했다.

정말 매혹적인 이야기였다. 나는 수십 번을 읽었어도 이 이야기가 지겨웠던 적이 한 번도 없었다. 그래서 마치 내가 옐로스톤 대평원의 한가운데 있는 것처럼 느껴졌다. 그때 나는 내가 어디에 있는지조차 몰랐겠지?

"이것이 문학의 힘이다."

집배원 아저씨가 말했다.

문학, 그게 도대체 뭐지?

내 가슴은 이렇게 물었다.

학교에 가지 않는 날이면 우리는 가끔씩 집배원 아저씨를 도와주었다. 우리 가난한 마을의 집배원 아저씨는 혼자서 일했는데, *새벽기도* 시간 이후에 일을 시작해 우체국과 수천 통의 편지를 책임졌다. 오후에는 편지, 소포, 우편소액환을 받았고, 저녁에는 우체국을 열고 편지를 분류했다. 그러고 나서 자전거를 타고 마을을 돌아다니며 편지를 배달했다. 배달 일이 밤늦게까지 이어질 때도 있었다. 집배원 일은 퍽 고되다.

나는 집배원 아저씨의 고된 삶을 잘 알았다. 나는 한밤중에 졸린 눈을 비비고 일어나 진심으로 기도했다.

신이시여, 저는 앞으로 제가 뭐가 될지 모릅니다. 하지만 어른이 되었을 때, 제발 신이시여, 제가 집배원만은 안 되게 해주세요. 새벽에 시작하는 일은 하지 않게 해주세요. 신께 약속합니다. 코란 선생님의 자전거를 다시는 반탄 나무에 매달지 않겠습니다.

그 기도를 바친 뒤로, 쿠카이, 마하르, 그리고 삼손도 모두 내가 코란 선생님의 자전거를 알-히크마 사원의 나무에 매다는 걸 하지 않겠다고 하자 깜짝 놀라며 화를 냈다.

집배원 아저씨는 우체국 배낭을 들어준 대가로 우리에게 용돈을 조금 주고, 옐로스톤 토착 미국인들에 대한 이야기 따위가 들어 있는 책도 빌려주었다. 사실, 그 책은 PN 학교 아이들의 것이었다. 아이들이 자바 혹은 다른 지역으로 이사 가서 전달할 수 없는 책들을 우체국 사무실에 보관해두었던 것이다.

우체국에서 집배원 아저씨의 일을 도와주는 건 학교가 쉬는 날의 활동이었다. 우리는 밤에는 알-히크마 사원에서 잠을 잤다. 사원에서, 우리는 서로에게 온갖 종류의 이야기를 들려주었다. 산에서 플로를 찾던 날 이야기는 결코 지루하지 않았다. 그리고 주술사의 메시지가 증명된 이야기도 마찬가지였다. 그때 마하르는 처음으로 자신의 트레이드마크가 될 몸짓을 보여주었다. 마하르가 스스로 옳다고 느낄 때마다 하는 행동이었다. 고개를 끄덕이며 눈썹을 치켜올리고 어깨를 으쓱했다. 짝짓기를 한 뒤의 펭귄 같았다. 어찌나 눈꼴시던지.

어느 날, 내가 집배원 아저씨를 도와 편지를 가방에 넣을 때, 내 주소와 이름이 수취인으로 적혀 있는 편지 한 장을 발견했다. 나는 소스라치게 놀랐다.

나는 우체국 사무실 뒤로 몰래 숨어들어 람부탄 나무 아래에서 편지를 열어보았다. 내 가슴은 요동쳤다. 편지에는 시 한 편이 적혀 있었다.

그리움

사랑은 정말 나를 힘들게 해
그 운명적인 보물찾기 행사에서,
네가 내 쪽을 흘끗 바라본 순간
나는 그날 밤 잠 못 들었어
내 방, 어디든 네 얼굴이 있으니까

넌 누구니,
나를 끊임없이 꿈꾸게 하는 사람?
너는 그저 귀찮은 소년에 불과해
하지만, 설령 그렇다 할지라도,
네가 몹시 보고 싶어

아 킹

편지지를 뚫어지게 바라보며 내 눈은 그대로 얼어붙었다. 손이 떨렸다. 나는 편지를 다시 읽었다. 슬픈 예감이 내 가슴으로 파고들었다. 행복했지만 또한 슬픔의 어두운 감정을 느꼈다. 마치 뭔가 끔찍한 일이 일어날 것 같은 그런 느낌. 나는 뒤로 돌아섰다. 우체국 사무실 울타리가 천천히 인간의 다리로 바뀌는 것이 보였다. 다리 사이의 빈틈에, 한 남자가 웅크리고 있었다. 꼬리가 없는 악어 시체 건너편에. 그 남자가 나를 바라보았다. 눈물이 그 남자의 마맛자국 뺨에서 흘러내렸다.

그 순간, 내가 몇 년 전에 국립학교 농구장에서 그 남자를 목격했을 당시 악어 주술사 보뎅가를 강타한 고통을 알았다. 내 어린 마음에 충격을 준 사건. 그건 내가 불길한 느낌을 받을 때마다 언제나 내게 떠오르는 하나의 정신적인 충격이다. 그리고 그날 오후, 수년이 지난 뒤 처음으로 보뎅가가 내 머릿속에 떠올랐다.

나는 산꼭대기에서 당신에게 바칠 꽃을 꺾을 겁니다

셀루마 산은 아주 큰 산은 아니지만 그래도 동부 벨리퉁 지역에서는 가장 높은 산이다. 북쪽에서 우리 마을로 들어오려면 누구나 그 산 왼쪽 산마루를 지나와야 한다.

멀리서 보면, 셀루마 산은 뒤집어놓은 배 같았다. 푸릇푸릇한 오르막과 내리막을 따라가다 보면, 왼쪽 산마루 끝자락에 셀린싱 마을과 셀루마 마을이 자리 잡고 있다. 사람들은 대나무로 마당에 울타리를 치고, 키 작은 식물을 빽빽하게 심었다. 깊은 계곡을 사이에 두고 각기 두 마을이 있는데, 그 계곡으로 호수가 잔잔히 흐르고 있었다.

셀린싱 마을까지 자전거를 타고 가파른 길을 오르노라면 분명 사람들의 인내심은 시험에 들고 말 것이다. 말레이 남자들은 오르막을 오를 때 애인한테 자전거에서 내려달라는 아쉬운 부탁이나 하는 사람으로 비쳐지기 싫어한다. 젖 먹던 힘을 다해 정상까지 페달을 밟기로 작정하고, 길을 따라 낑낑거리며 올라간다.

오르막을 정복하고 나면 자전거는 내리막길로 곤두박질한다. 젊은이는 만족스러운 미소를 내보이며 애인에게 자기 허리를 꽉 잡으라고 말한다. 자신을 선택하면, 나중에 믿음직한 남편이 되리라는 확신을 애인에게 심어주면서…….

그러면 자전거는 구불구불한 길 두 개를 지나, 호수가 있는 계곡에 이른다. 이윽고 셀루마 마을의 오르막이 반갑게 맞이한다. 어떤 연인이든 내려달라는 부탁을 받으면, 충분히 이해할 것이다. 셀루마까지의 오르막이 셀린싱의 언덕만큼 가파르지는 않지만 훨씬 더 길었으니까. 셀루마까지의 오르막이 누군가의 사랑을 증명하기에는 덜 현실적이라는 게 바로 이 때문이다.

셀루마의 오르막을 1/4 정도밖에 오르지 못했어도, 자전거를 미는 일은 이미 중노동 같다. 대나무 울타리가 이리저리 돌아다니는 것처럼 보인다. 별이 핑핑 도는 게 보일 테니까. 정상에 다가가면 다가갈수록, 커다란 돌덩이가 다리에 매달리기라도 한 것처럼 발걸음은 더욱 무거워진다. 땀이 눈, 귓불, 목으로 비 오듯 흘러내려 셔츠를 지나 바지까지 흠뻑 적셔놓는다.

그럼에도 불구하고, 정상 즉, 내가 앞에서 이야기한 셀루마 산의 왼쪽 산마루 정상에 다다르면 고단함은 모두 사라진다. 아름다운 동부 벨리퉁 풍경이 눈앞에 드넓게 펼쳐질 테니……. 기다란 푸른 해변에 둘러싸여 순백의 환한 구름의 보호를 받으며 소나무가 반듯하게 줄지어 서 있는 곳.

그 산등성이 정상에 서면, 뱀처럼 구불구불 흐르는 랑캉 강어귀 둔덕을 따라 여기저기 흩어져 있는 집들이 보인다. 그 집에는 대나무 울타리가 없다. 아무렇게나 자라는 잡초들이 주인 없는 논밭에 둘러싸여 있을 뿐이다. 더 멀리 바라볼수록, 마을 두 곳의 차이점이 극명하다는 걸 알 수 있을 것이다.

남서쪽으로 향한 마을은 수도 탄중판단으로 가는 하나밖에 없는 대로를 어렴풋이 따라가고 있는 것처럼 보였다. 남쪽으로 뻗은 마을은 망망대해로 이어진 전설적인 링강 강의 넓고 거친 물살로 갈라진다. 강 건너, 아무렇게나 뒤엉킨 오래된 시장 주변으로 우리 동네가 단정하게 그 모습을 드러낸다.

만약 독자 여러분이 이 길을 따라 여행할 것이라면, 셀루마의 정상에서 계곡 쪽으로 무턱대고 내려가지는 말기를. 잠시 멈춰 서서 쉴 것. 노란 꼬리의 새끼 다람쥐들이 노니는 곳에서 잠시 앙사나 나무에 기대어보시길. 오케스트라 같은 솔잎 소리에 귀 기울여보라. 햇살 아래, 로즈애플 꿀을 따먹는 검정 호박벌을 차지하려 싸우는 자그마한 새들의 재잘거리는 소리를 들어보라. 감미로운 풍경에 빠져보길. 산, 계곡, 강, 그리고 바다. 옷자락을 풀고, 하트 플라워의 홍학꽃(Andraeanum) 꽃잎 향을 실어오는 싱그러운 남풍을 들이마셔보라. 이 꽃은 고지대에서 그 자손들이 자라면서 풍성하게 부푼다. 하트 플라워는 그 꽃잎 모양 때문에 생긴 이름인데, 많은 사람들이 그 꽃을 '사랑의 꽃' 이라고 부른다.

나는 가슴을 정화시켜주는 자연의 향기가 홍학꽃 향기인지 아니면 그것과 공생하는 깔때기버섯(Clitoybe gibba)의 향기인지 잘 모르겠다. 깔때기버섯은 홍학꽃과 공생하는 균류의 일종으로, 꽃자루가 없는 버섯이다. 타로토란의 뿌리를 뒤덮고 있는 깔때기버섯은 눅눅한 기후에서 잘 자란다. 연말에 서풍이 불어올 때면, 키 작은 깔때기버섯은 포동포동하고 튼튼한 자태를 뽐낸다.

무지개 분대는 가끔 셀루마 산으로 소풍을 갔다. 그래서 우리는 그 산의 아름다움에 어느 정도 무뎌 있었다. 우리는 곧장 꼭대기까지 가지 않았다. 한 75퍼센트 정도 올라가는 것으로 만족했다. 게다가, 비탈진 화강암 꼭대기까지 올라가려면 꽤 미끄러웠다. 하지만 이번에, 나는 꽤 열정적으로 정상까지 밀고 올라갈 결심을 했다. 친구들은 내 열정을 환영했다. 딱히 특별한 일도 아직까지는 일어나지 않았다. 친구들은 우리가 나중에 정상에서 목격하게 될 가슴 뛰는 광경에 대해 이야기를 나누느라 정신이 없었다. 링강 강 위에 놓인 다리와 유리처럼 반짝이는 모래를 실은 부둣가 바지선들.

하지만 나는 그 어떤 것에도 관심이 없었다. 내게는 남몰래 해야 할 비밀임무가 있기 때문이었다. 그 비밀은 셀루마 산의 가장 높은 곳에서만 볼 수 있는 경이로운 장관과 관련이 있었다. 또한 가장 높은 고지대에서만 피어나는 화려한 꽃과 관련이 있었다. 붉은 가시꽃. 운이 좋다면, 향기로운 무랄리스(Muralis) 꽃이 이번 주에 활짝 펴 있을 거다.

나는 무랄리스를 '산악 초원의 꽃'이라고도 부른다. 그건 나만 부르는 이름이다. 이 꽃은 여기저기 아무렇게나 피는 습성이 있다. 꽃받침은 엄지손가락만큼 넓적하고, 색은 연노랗다. 삐뚤빼뚤한 꽃받침은 일정한 크기도 없이 연둣빛 줄기가 받치고 있다. 야생의 제멋대로인 모습이 귀엽다. 모양과 색이 평범한 벗풀(Trifolia)을 닮았으니 잎이 아름답다고 말할 수는 없었다. 하지만 적어도 열다섯 송이 정도 꽃을 꺾어 잎을 떼어내고 붉은 가시꽃하고 같이 꽃다발을 만들면, 그 꽃을 받아든 여인은 누구라도 가슴이 녹아내린다.

산에 오르기 시작한 지 세 시간이 지나, 우리는 정상에 도착했다. 무지개 분대 모두가 발아래 펼쳐진 광경에 감탄하며 왁자지 걸 떠들어댔다.

"저기, 우리 학교야."

사하라가 외쳤다. 아무리 멀리 떨어져 있어도 참 안쓰러워 보이는 건물이었다. 얼마나 멀리 떨어졌든, 어디에서 보든, 여전히 코프라 창고처럼 보였다.

쿠카이가 한 건물을 가리켰다.

"봐! 우리 사원이야!"

모두가 소리쳤다.

"그건 중국 사원이야, 이 바보야!"

부 무스 선생님이 최선을 다해 노력했지만, 쿠카이는 이 나라 대부분의 정치인들과 마찬가지로 도무지 머리가 좋아질 기미가 보이지 않았다.

뒤이어 무의미한 논쟁이 시작되었다. 모두 두 패로 나뉘었다.

언제나 그렇듯, 마하르는 동화를 들려주기 시작했다. 마하르의 말에 의할 것 같으면, 셀루마 산은 한때 용이었다고 한다. 손수 똬리를 틀고 앉아 수 세기 동안 잠자고 있다고 했다.

"용은 나중에 심판의 날에 깨어날 거야. 이 산봉우리는 용머리라고. 머리가 지금 바로 이 순간 우리 다리 아래 있다는 뜻이기도 하지! 그 꼬리는 링강 강어귀에서 똬리를 틀고 있어."

아 키옹은 충격을 먹었다.

"그러니까 소란 피우지 말고 얌전히 있어. 안 그러면 혼령한테 벌을 받을 테니까."

마하르는 그 바보 같은 이야기에 아직도 직성이 풀리지 않은지 계속 말을 이어갔다.

아 키옹은 마하르의 이야기에 여전히 열중했다. 유용한 이야기에 대해 자신의 존경을 보여주기 위해, 아 키옹은 마하르에게 자기가 가지고 온 구운 바나나를 주었다. 꼭 주술사가 옴을 치료해준 게 고마워 원시인이 공물을 바치는 것 같았다. 마하르는 공물을 번갯불처럼 재빨리 낚아채 자신의 소화기관 속으로 쑤셔 넣었다. 자신이 지금 아 키옹에게 미치고 있는 영향력에 대해서는 전혀 알지도 못한 채 말이다. 우리는 그 모습을 보고 깔깔 웃음을 터트렸다. 하지만 아 키옹은 심각했다. 아 키옹에게, 이 상황은 웃을 일이 절대 아니었다.

나 또한 웃지 않았다. 이런 소란스러움 속에서 곧 나는 쓸쓸함을 느꼈다. 내 눈은 저 아래 붉은색 네모난 건물에서 헤어나지 못했다.

나는 산 정상 야생 풀밭을 샅샅이 뒤졌다. 야생 붉은 가시꽃과 무랄리스 꽃을 꺾고, 그것을 풀로 묶었다.

산꼭대기에서 보니, 정말 아름다운 광경이었다. 노랫말과 같았다고나 할까. 하얀 뭉게구름이 손에 잡힐 듯 낮게 드리웠다.

왁자지껄한 목소리, 자그마한 새들의 기다란 지저귐이 가까이서 날카롭게 들려왔다. 후렴: 수천 마리 비둘기가 커다란 카펫처럼 펼쳐 있는 백합 밭으로 날아든다. 그러고 나서 노래가 맹그로브 숲으로 스며든다.

 내가 셸루마 산에 오르려고 그렇게 기를 쓴 이유는 바로 이런 환상적인 장관과 꽃 때문이었다. 제아무리 아름다움에 홀딱 빠졌어도, 내가 동부 벨리퉁에서 가장 높은 곳까지 오른 진짜 이유는 저 아래 보이는 그 붉은 네모난 건물 때문이었다. 그 붉은 건물은 바로 아 링이 사는 집이었다.

빌리토 나이트

    화창한 월요일 아침. 시(詩)가 불꽃무늬 보라빛 종이에 싸였다. 셀루마 산꼭대기에서 가져온 꽃다발을 담청색 리본으로 묶었다. 꽃은 아직 싱싱했다. 사기그릇에 밤새 담가두었으니까.
    이 마법의 꽃다발은 그날 아침까지 이어지는 무용담 같은 사랑의 후원자였다. 시나리오는 내 머릿속에 몇 주 동안이나 자리 잡고 있었다. 이런 식이었다.

    아 링이 분필상자를 내밀 때, 나는 꽃과 시를 아 링의 손에 건넨다. 아무 말도 필요 없다. 아 링이 산꼭대기에서 꺾어온 꽃의 아름다움을 느끼게 해야지. 아 링이 내 시를 읽고 중국 신년 떡보다 더 달콤한 것을 맛보게 하자.

가게 주인이 주문을 하자마자 나는 서둘러 분필상자 구멍으로 다가갔다. 하지만 나는 두 발자국 정도 못 미쳐, 가던 걸음을 우뚝 멈추었다. 분필상자 구멍에서 투박한 손 하나가 나오는 게 아닌가! 나는 소스라치게 놀랐다. 그건 아 링의 손이 아니었다!

그 손은 완전 딴판이었다. 마치 구리로 만든 악마의 면도날 같았다. 힘줄이 튀어나오고, 시커멓고 더러운 데다 기름기가 좔좔 흘렀다.

검정 산호 팔찌가 우락부락한 팔에 세 번 감겨 있었다. 언제든 달려들 준비가 된 독사 머리가 팔찌 끝에 새겨 있었다. 팔꿈치 바로 아래 단단한 알루미늄 팔찌가 둘러 있다. 마치 자바의 전통 그림자 인형극 〈와양 wayang〉에 나오는 잔인한 거인들이 차던 팔찌 같았다. 감긴 팔찌의 머리는 들쭉날쭉한 열쇠 모양이었다. 법을 어길 때 보통 사용하는 그런 종류의 것 말이다. 독실한 말레이인들이 하는 문신은 보이지 않았다. 손가락에는 무시무시한 반지가 세 개나 끼어 있었다.

그중 집게손가락 반지에는 지금껏 내가 본 것 중 가장 큰 *사탐* (satam) 돌이 달려 있었다.

*사탐*은 이 지구에서 오직 벨리퉁에서만 나는 독특한 유성물질이다. 그건 이 세상의 돌이 아니었다. 탄산과 마그네슘으로 이루어졌기에 칠흑처럼 검다. 강철보다 더 밀도가 높아 모양내어 깎

을 수가 없었다.

*사탐*은 오래된 주석광산 속에 숨어 있다. 찾으려고 하면 절대 찾을 수 없다. 운이 좋아야만 *사탐*을 땅의 중심부에서 캐올 수 있다. 1922년, 네덜란드인들이 사탐을 빌리토나이트*(billitonite)*라고 이름 지었다. 그렇게 해서 우리 섬 이름 벨리퉁이 생겨나게 된 것이다.

어쨌든, 아무런 미적 고려도 없이, 그 우락부락한 손의 주인은 평범한 싸구려 황동 위에 그 신성한 물건을 끼워 박았다. 마치 이 세상의 지배자라도 되는 것처럼 자랑스럽게 그 반지를 끼고 있었다.

약손가락에는 *아킥(akik)* 돌이 달린 반지가 눈에 들어왔다. 칼리만탄의 값비싼 자수정처럼 눈에 확 들어왔다. 하지만 나는 바보가 아니었다. 그 돌은 고온에서 만든 합성 플라스틱과 수정의 모조품에 불과했다. 그 반지의 주인은 사기꾼에 불과했고, 그런 반지를 낀다는 것은 다름 아닌 자기 스스로를 바보로 만드는 짓이었다.

그리고 마지막으로, 중지에는 그 무시무시한 반지 전부의 우두머리가 자리 잡았는데, 반지 주인의 비열한 성향을 그대로 드러내주고 있었다. 눈이 움푹 패고 기분 나쁘게 히죽거리며 웃고 있는 커다란 인간 해골. 그 반지는 스테인리스 강철 너트로 만든 거였다.

스테인리스 강철 너트를 반지로 만드는 과정은 누구든 몸서리 치게 만든다. 일단 선반으로 투박하게 모양을 잡은 뒤, 몇 주 동안 깨지지 않는 너트를 줄로 매끄럽게 다듬는다. PN 노동자들이 보통 이 반지를 만들었는데, 그것은 PN에 몰래 저항하는 은밀한 문화였다. 그러니까 이 반지는 인민의 억압을 상징했다. 비밀스러운 몇 주간의 고역이 이 무시무시하게 빛나는 반지를 만들어 냈다.

그리고 손톱은, 아! 세상에나, 마치 저주받은 모양새였다. 내가 몇 년 동안 푹 빠졌던 아 링의 손톱과 이 손톱은 하늘과 땅 만큼이나 차이가 났다. 두툼하고, 지저분하고, 손질하지 않은 길쭉한 손톱이었다. 끝은 갈라졌다. 한마디로, 악어 비늘 같았다.

나는 커다란 충격에서 헤어나지 못했다. 그때 탁탁 요란하게 두드리는 소리가 났다. 분필이나 빨리 받아가라다. 분필이 앞으로 쭉 나와 있었다. 잠시 뒤 쌀쌀맞게 투덜거리는 소리가 들렸다. 탁탁 두드리는 소리는 더욱 커졌고, 그것이 나를 벼랑 끝으로 몰았다. 하지만 이 모든 것 중에서 가장 혼란스러운 건 내가 아 링을 만나지 못했다는 사실이었다. 아 링은 도대체 어디로 갔단 말인가?

"무슨 일이야?"

사흐단이 왜 이리 오래 걸리나 알아보러 와서는 내게 물었다.

"도대체 저건 누구 손이야?"

나는 대답할 수 없었다. 목덜미가 뻣뻣했다.

내게 낯선 손은 아니었다. 그건 바로 가게 일꾼의 손이었다. 언젠가 사롱 사람이 가게 일꾼에게 준 검정 산호에 그가 뱀 대가리를 조각했던 게 기억난다. 그 일꾼은 바다 바닥에서 난 기다란 산호를 세 개짜리 똬리의 팔찌 모양으로 만드는 데 3주 걸렸다고 내게 말한 적이 있었다. 산호는 처음에는 길고 납작했는데, 브레이크 오일을 발라 반들반들해졌다. 그리고 꾸준히 벽난로 바닥 위에서 연기를 쐬었다.

탁탁 두드리는 소리는 더욱더 거세졌다. 가게 일꾼은 무덤덤했다. 그 사람은 내가 아 링을 만나지 못해 얼이 빠졌다는 걸 알았다. 몇 년 동안 지속되었던 일상이었으니 어찌 안 그렇겠는가.

사흐단이 분필상자를 집었다. 가게 일꾼은 손을 거두어들였다. 자기 구멍 속으로 주르르 미끄러져 들어가는 짐승처럼 손은 이내 사라졌다.

처음부터 나를 바라보고 있던 가게 주인이 내게 다가오더니 내 옆에 서서 크게 한숨을 쉬었다.

"아 링은 자카르타에 갈 거다."

가게 주인은 느릿느릿 말을 이어갔다.

"9시 비행기를 탄다. 혼자 있는 고모하고 거기에서 살 거야. 거기서 좋은 학교에도 가고……."

나는 망연자실했다. 내 귀를 도저히 믿을 수 없었다. 얼마 전 보뎅가의 환영을 보고 난 뒤 무언가 불길한 일이 일어날 것이라는 내 예감은 적중했다. 내 영혼은 산산조각 났다.

"인연이 있으면 언젠가 또 만나겠지."

가게 주인은 내 어깨를 두드려주었다.

나는 고개를 푹 숙였다. 침묵의 순간을 관찰하고 있는 사람처럼. 나는 산꼭대기에서 꺾어온 야생 꽃다발과 내 시를 꼭 움켜쥐었다.

"그 아이가 안부 전해달라고 하더라. 그리고 이것을 너한테 주라고……."

가게 주인은 내게 목걸이를 건넸다. 그건 아 링이 몇 년 동안 걸고 있던 옥 목걸이였다. 자수정에는 *운명*이란 글자가 새겨 있었다. 그러고 나서 가게 주인은 불꽃무늬가 있는 보라빛 종이로 포장된 상자를 건넸다. 내 시를 감추었던 것과 정확히 똑같은 종이였다. 이것은 정말 상상도 못했다. 나는 알았다! 처음부터, 신은 이 평범하지 않은 아름다운 사랑을 지켜보고 있었다는 것을.

나는 그 상자를 받아들었다. 그 순간, 가게에 있는 물건들이 모두 내게로 무너져 내리는 것 같았다. 나는 말하고 싶었다. 가게 주인에게 이것저것 물어보고 싶었다. 하지만 입이 떨어지지 않았다.

가슴이 먹먹했다. 나는 주위를 둘러보았다. 불현듯 떠오르는 생각이 있었다. 나는 사흐단을 붙잡고 자전거에 올라탔다.

나는 가게에서 학교까지 있는 힘껏 자전거 페달을 밟았다. 수십 킬로미터, 가파른 비탈과 가파른 비탈을, 속도를 늦추지 않았다. 힘든 줄도 몰랐다. 나는 학교 마당으로 가야 했다.

오전 8시 50분.

우리는 학교에 도착했다. 사흐단은 교실로 들어갔다. 나는 운동장을 가로질러 필리시움 나무를 향했다. 나무 위에 올라가 내가 평상시에 무지개를 바라보는 자리에 앉았다.

눈 하나 깜빡하지 않고 텅 빈 푸른 하늘을 바라보았다. 내 마음처럼 텅 빈 하늘을.

오전 9시 5분.

포커 28 비행기가 앞바다 쪽에서 천천히 나타났다. 탄중판단에서 자카르타로 가는 비행기였다. 아 링이 그 비행기에 타고 있다는 걸 알았다. 내 눈은 내 사랑을 싣고 가는 그 비행기를 쫓았다. 닿을 수 없는 하얀 구름 속으로, 하늘 높은 곳으로, 비행기가 조금씩 움직일 때마다 내 숨결 하나도 함께 날아올랐다. 바라보면 바라볼수록, 비행기는 점점 더 희미해져갔다. 거리 때문이 아니었다. 내 눈에 고이는 눈물 때문이었다. 비행기는 이내 사라졌다. 내 소울메이트는 내 가슴을 갈기갈기 찢어놓고 내게서 멀어져갔다. 하늘은 다시 한 번 텅 비었다. 잘 가라, 내 첫사랑.

성난 도깨비들

 희한한 원자폭탄 하나가 벨리퉁에 떨어졌다. 거대한 버섯구름이 하늘에서 내려오고 방사능, 수은, 암모니아를 마구 실어 날랐다. 모두가 혼란에 빠져 사방으로 달아나며, 몸을 가릴 것을 찾으며, 수로에 숨거나 하수구로 뛰어내렸다. 많은 사람들이 그 자리에서 즉사했다. 살아남은 사람들도 왜소해지고 악취를 풍겼다.
 왜소한 모습의 벨리퉁 사람들을 바라보며, 자카르타 중앙정부는 세상 사람들 앞에서 수치심을 느꼈다. 그래서 이들을 공화국 시민으로 받아들이지 않았다. 우리에게는 국민투표 말고 달리 방법이 없었다.
 아주 극소수의 말레이인들이 인도네시아 공화국의 통일국가에서 독립하기를 바랐지만 정부는 국민투표를 벨리퉁의 자유국

가로서의 지위에 대한 선언으로 받아들였다. 그리고 벨리퉁이 더 이상 버텨나갈 수 없다는 것은 분명했다. 벨리퉁의 자연자원은 수백 년 동안 이어진 개발로 고갈되었기 때문이었다. 섬은 무너졌다.

그 즈음, 오랫동안 행방불명된 악어 주술사 보뎅가가 다시 나타나 정부를 인수했다. 보뎅가는 그 옛날 자신과 자기 아버지를 푸대접했던 사람들을 손봐주었다. 이들은 미랑 강에 처박혀 악어 먹이가 되었다. 왜소한 사람들은 소중한 생명을 부여잡으려 했지만 아무 소용이 없었다. 순식간에 목숨을 잃고 독약을 먹은 물고기처럼 강에 둥둥 떠다녔다.

이것은, 첫사랑을 잃고 미치기 일보 직전에 놓인 어느 몽상가를 얼마간 사로잡은 생각이었다.

나는 정신이 나갔다. 제정신이 아니었다. 악몽을 꾸며 기괴한 환상에 시달렸다. 새가 지저귀는 소리는 윙윙거리며 죽음의 소식을 전하는 신비한 새의 것으로 들렸다. 가게 주인들, 집배원, 코코넛 가는 사람들, 경찰과 일꾼들 가릴 것 없이 모두 내게 음모를 꾸미고 있는 것 같았다.

아 링이 떠나고 나서 내 가슴에는 고통과 슬픔뿐이었다. 아 링이 있던 그 가게로 뛰어 들어가고 싶었다. 그러나 그런 극단적인 행동(내가 인도 영화에서 보았던 그런 종류의 행동)은 그저 땅콩 반죽 병과 산더미처럼 쌓인 부패한 새우 조미료의 환대나 받을 뿐이라는 걸 잘 알고 있었다. 나는 비참했다. 그저 비참할 뿐이었다.

그리고 그때, 인도 영화의 관습을 다시 반영해, 나는 이별 때문에 병이 났다. 얼마 전, 나는 내 이웃 한 사람을 비웃은 적이 있었다. 그 사람은 심한 설사와 오한으로 된통 고생을 했다. 우리 친척 누나와 헤어졌기 때문이었다. 어떻게 그럴 수가 있는지 난 도무지 이해하지 못했다. 그런데 지금, 남 말할 처지가 아니었다. 인과응보다!

온몸이 펄펄 끓어 이틀 동안 학교에 가지 못했다. 그저 침대에서 큰 대 자로 뻗고만 싶었다. 머리가 무겁고 숨이 찼다. 어머니는 내게 아스코민(Askomin) 시럽을 먹였지만 차도가 없었다. 사랑의 열병은 벌레에서 추출한 약으로는 고칠 수가 없는 것이다.

그때 마하르와 그의 충실한 부하 아 키옹이 나를 찾아왔다.

마하르는 무릎까지 오는 재킷을 입었다. 아 키옹은 그런 마하르를 헐레벌떡 뒤쫓아왔는데 실습을 나온 간호학생처럼 트렁크를 하나 들고 왔다. 스티커가 덕지덕지 붙은 아주 특이한 트렁크였다. 그 당시 자전거 세금을 냈다는 걸 나타낼 때 쓰는 스티커와 함께 갖가지 정부 문양도 붙어 있었다. 그러니까 지들이 뭐 이 지역 공무원이라도 되는 듯한 인상을 풍겼다.

당시 사흐단도 내 방 안에 있었다. 아 키옹과 마하르는 한 마디도 하지 않았다. 아 키옹은 손가락으로 톡 소리를 내며 사흐단에게 옆으로 비키라고 명령했다.

마하르는 내 옆 오른쪽에 서서 나를 머리에서 발끝까지 훑어보았다. 의사처럼 심각한 표정을 짓더니 순식간에 진단을 끝마쳤다. 마하르는 고개를 저었다. 자기 앞에 놓인 환자의 상태가 웃을 일이 아니라는 표시였다. 걱정스러운 듯 한숨을 쉬고는 아 키옹을 바라보았다.

"칼!"

마하르가 불쑥 외쳤다.

아 키옹은 재빨리 트렁크 자물쇠를 열고 녹슨 부엌칼을 꺼냈다. 사흐단과 나는 그 모습을 걱정스레 바라보았다. 칼은 공손하게 마하르에게 건네졌는데, 마하르는 그것을 외과 전문의처럼 받아들었다.

"심황!"

마하르가 크고 또렷한 목소리로 다시 명령했다. 아 키옹은 서둘러 트렁크 안에서 뭔가를 더듬어 찾고는, 엄지손가락 크기 정도 되는 심황 조각을 마하르에게 건넸다. 마하르는 차분히 심황을 자르고, 그것을 갈더니 아주 날렵하게 내 이마에 커다랗게 X

자를 칠했다. 나는 피할 기회조차 갖지 못했다. 그리고 나서 마치 아무런 명령 없이도 다음 절차를 알고 있기라도 하는 것처럼, 아 키옹은 트렁크에서 치자나무 잎을 꺼내 마하르에게 건넸고, 마하르는 그것을 민첩하게 잡아들고는 주문을 외우며 내 몸 전체에 무자비하게 찰싹찰싹 쳐댔다.

뿐만이 아니었다. 마하르가 치자나무 잎으로 내 몸을 찰싹찰싹 치는 동안, 아 키옹은 내게 물을 마구 뿌려댔다. 나는 몸을 피하며 녀석들을 쫓아버리려 했지만, 피할 도리가 없었다. 마하르와 아 키옹은 똘똘 뭉친, 체계가 잘 갖추어진 재빠른 팀이었기 때문이었다.

이윽고 녀석들이 잠잠해졌다. 마하르는 안도의 한숨을 내쉬었다. 아 키옹의 바보 같은 얼굴은 마하르의 한숨을 흉내 냈다.

"도깨비 아이 세 명이 몹시 화가 났어. 네가 학교 우물가에 있는 도깨비 왕국에 오줌을 누었기 때문이야."

마하르가 설명했다. 마치 자기가 제때 들여다보지 않았다면 손쓸 수 없었을지도 모른다고 말하는 표정이었다. 마하르의 얼굴에는 자책감이나 장난기가 하나도 없었다. 마하르와 아 키옹은 완전 천진난만한 표정으로 완벽하게 일심동체가 되어 조용히 움직였다. 이들은 나를 치료하는 이 어리석은 주술적인 방법의 효험에 티끌만 한 의심도 품지 않았다.

"그 도깨비가 너한테 열병을 준 거야."

마하르가 자기 의료장비를 트렁크에 다시 넣고, 트렁크를 아 키옹에게 점잖게 건네며 말을 이었다.

"하지만 걱정하지 마, 친구. 내가 그 도깨비들을 쫓아버렸으니까. 내일 학교에 나올 수 있을 거야!"

나는 내 평생 가장 희한한 사건을 그저 멍하니 받아들일 수밖에 없었다. 그러고 나서 달리 군말도, 잘 있으라는 말도 없이, 녀석들은 집으로 돌아가버렸다. 아 키옹은 한 마디도 말하지 않았다. 그리고 비에 흠뻑 젖어 털이 빠지고 물에 젖은 고양이처럼 나는 사흐단과 함께 남았다.

마법사 둘이 돌아가고 나자 부 무스 선생님과 반 친구들이 나를 찾아왔다. 부 무스 선생님은 내게 APC 알약을 가져다주었다.

에덴시

 다음 날, 나는 학교에 갔다. 부 무스 선생님이 주신 APC 알약의 효과 때문이란 걸 난 알았다.
 아 키옹은 나를 보자마자 후다닥 달려가 마하르의 손을 잡고 흔들었다. 마하르는 눈을 치켜뜨더니 어깨를 으쓱해 보이며 연신 고개를 끄덕였다. 아 키옹은 더욱더 열렬한 마하르의 광신도가 되었다.
 몸은 나왔다. 하지만 마음은 아니었다.
 며칠 동안 나는 말을 하지 않았다. 시도 때도 없이 공허감이 몰려왔다. 아 링을 잊는다는 건 쉬운 일이 아니었다. 가슴에 상실감이 가득 찼다. 아 링이 보고 싶어 숨 쉬기조차 힘들었다. 전에, 나는 첫사랑을 발견하고 이상한 사람이 되었다. 이제 사랑을 잃고, 나는 다른 사람이 되었다. 이전에, 사랑을 발견하고 나서 엉뚱한 행복으로 난 머리가 멍했다. 과거에는 한 번도 경험해보지 못했던 감정이었다. 이제 그 사랑이 나를 떠나갔고, 나는 지금껏 한 번도 경험해보지 못한 슬픔을 느꼈다. 슬픔으로 온 몸이 다 욱신거렸다. 그래서 나는 우리의 주술사 마하르에게 다가가 해답을 달라고 했다.

"보이, 내 병이 도대체 뭐냐?"

그것은 하나 마나 한 질문이었다. 아주 불을 보듯 뻔하게, 내가 어떤 병에 걸린 건지 너무도 잘 알고 있었다. 나는 사랑을 잃고 아파하고 있었다. 하지만 마하르같이 특이한 녀석들은 뭔가 마법 같은 해답이 있을지도 몰랐다. 내 상황을 다른 관점에서 바라볼 수 있게 하는 그런 대답. 실연당한 대부분의 사람들이 그러하듯, 나는 제정신이 아니었으니까.

마하르는 나를 노려보며, 흥분한 듯 이렇게 말했다.

"내가 뭐라고 말해주면 좋겠는데? 저기 가서 네 오줌자국을 보라고!"

그러고는 몸을 홱 돌려서 가버렸다.

아 링이 떠나고 2주 뒤, 나는 쉬는 시간에 아 링이 나를 위해

27장 • 에덴서

자기 아버지한테 남긴 상자를 린탕에게 보여주었다.(물론, 당연하게도 여전히 의기소침해 있었다.) 상자 위에는 커다란 탑 사진이 하나 있었다.

"린탕, 여기가 어디야?"

린탕은 상자를 살펴보았다.

"에펠탑 사진이잖아, 이칼. 파리에 있어, 프랑스 수도 말이야."

린탕의 목소리에는 놀라움이 약간 묻어 있었다.

"파리는 영리한 사람들의 도시야. 예술가하고 학자들이 살아. 정말 아름다운 도시라고 하더라. 많은 사람들이 거기에서 살고 싶어 해."

집으로 돌아와, 나는 침대에 드러누워 상자를 뚫어져라 쳐다보았다. 이윽고 상자를 열었다. 안에는 일기장과 푸른색 표지의 책 한 권이 들어 있었다.

일기장을 열어보았다. 이럴 수가! 그 안에는 페이지마다 내가 지금까지 아 링에게 써 보냈던 시로 가득 차 있었다. 그 시를 일기장에 하나씩 하나씩 일일이 손으로 옮겨 적은 것이었다. 왜 아 링이 내가 보낸 시를 돌려주었는지 비로소 그 이유를 알았다. 이제 나는 푸른색 표지의 책을 꺼냈다.

『만약 그들이 말할 수 있다면 *If Only They Could Talk*』이라

고 적혀 있었다. 내가 잘 모르는 작가가 쓴 책이다. 제임스 헤리엇(James Herriot). 왜 아 링이 이 책을 나한테 주었을까? 어쨌든 책을 읽어보고 싶었다. 읽어봐서 재미없으면 얼굴이나 덮으리라 생각했다. 좀 졸렸으니까.

책표지를 펼쳤다. 단조로운 폰트와 칙칙한 레이아웃 아래, 제목, 작가, 출판사가 적혀 있었다. 나는 첫 장, 첫 페이지를 펼치고는 읽기 시작했다.

노래처럼, 헤리엇은 독특하지만 사람의 마음을 끄는 도입부로 시작했다. 맨 먼저, 그는 암소가 출산하는 걸 돌보는 자기 일에 대한 이야기를 들려주었다. 셔츠도 입지 않았고, 축사에는 출입문도 없었다. 바람이 세차게 불어왔다. 눈이 축사까지 휘몰아쳐 등에 퍼부었다. 그가 말하길, 이런 일은 일찍이 책에 적힌 적이 없다고 했다.

이 문장에 뒤이어, 계속해서 다음 문장, 또 다음 문장, 또 다음 문장을 읽어 내려갔다. 페이지를 넘기는 건 거의 반사작용이었다. 미처 깨닫지도 못한 채, 나는 이미 3페이지를 읽고 있었다.

나는 장에서 장으로 게걸스럽게 읽어 내려갔다. 때로 똑같은 절을 반복해서 읽기도 했다. 순식간에 누운 자리에서 꼼짝도 하지 않은 채 나는 벌써 10페이지에 이르렀다. 덕분에 아 링을 향한 상실감과 눈물은 탁탁 털려나갔다.

27장 • 에덴서

　이 마법과도 같은 책은 젊은 수의사가 1930년대 대공황의 한가운데에서 겪은 투쟁에 관한 이야기였다. 젊은 수의사 헤리엇은, 영국 어딘가에 있는 에덴서라는 외딴 마을에서 일했다.

　나는 헤리엇의 문장 하나하나와 더불어 새로운 정신이 내 머리에 불어오고 있다는 걸 느꼈다. 입이 떡 벌어졌다. 에덴서 마을에 대한 묘사를 읽을 때에는 숨을 죽였다. 여기저기 흩어져 있는 언덕의 경사면이 마치 폭포가 되어 떨어지는 느낌이었다. 나는 경사면이 초록의 언덕과 광활한 계곡으로 급경사를 이루는 높은 산꼭대기를 상상했다. 머릿속에 버드나무와 자갈로 지은 농부 집 사이, 계곡 바닥을 굽이치는 강을 그려 넣었다.

　에덴서의 자그마한 마을에 푹 빠졌다. 이 세상에는 사랑 말고도 아름다운 것이 많이 있다는 것을 깨달았다. 헤리엇의 아름다운 묘사는 완벽한 감동을 주었다. 동물을 돌보던 집 밖의 자그마한 둥근 조약돌이 깔린 좁다란 길에 대해 이야기할 때, 나는 가축 울타리를 따라 좁은 길을 흐르는 냄새를 맡을 수도 있었다.

　에덴서를 둘러싼 더비셔의 언덕 위에 펼쳐진 초원을 묘사할 때, 그저 그 위에서 팔을 활짝 펴고 내 피곤한 가슴을 쉬고 싶었다. 내 얼굴이 시골의 잔잔하고 상쾌한 바람을 맞도록 내버려두고 싶었다.

　그날 저녁, 나는 헤리엇의 이야기를 다 읽고, 즉각 그 작품을 아 링과 아 링을 향한 내 감정의 초상화로 대체했다. 이제 나는 왜 아 링이 그 책을 나한테 주었는지 이해했다.

기적처럼, 나는 갑자기 완쾌되었다. 나는 새로운 사랑을 얻었다. 그건 내 낡은 가방 안에 있다. 그 사랑은 바로 에덴서였다. 480시간 37분 12초 동안 아 링에 대한 상심에 슬퍼하고 난 뒤, 나는 내 자신에 대한 안타까운 감정과 내 첫사랑에 대한 집착을 묻어두기로 했다.

나는 180도 달라졌다.

악취 폴폴 풍기는 그 잡화점과 그곳에서 내 가슴이 갈기갈기 찢긴 순간을 회상하는 대신, 나는 이제 탄중판단에 있는 시립도서관을 부지런히 들락거렸다. 그곳에서, 나는 성공의 비결, 효과적인 사회화 방법, 매력적인 사람이 되기 위한 첫걸음, 자기개발 관리에 대한 책을 꾸준히 읽어나갔다.

나는 공부에 매진했으며, 말도 안 되는 계획 같은 건 애초에 짜지도 않았다. 운 좋게도 도서관의 낡은 신문 스크랩에서 내 새로운 삶의 좌우명을 발견했다. 거기에는 미국인 기자와 고인이 된 존 레논의 인터뷰가 들어 있었다. 로큰롤의 전설이 말하길, *삶이란 당신이 다른 계획을 세우느라 바쁜 와중에 당신에게 일어납*

니다!

나는 존 레논 포스터를 찾아 탄중판단의 길가 매점을 샅샅이 찾아 헤맸다. 그러다 마침내 커다란 얼굴 사진 한 장을 발견했다. 다음 날, 나는 부 무스 선생님에게 그 사진을 우리 교실에 걸어도 되냐고 여쭤보았다.

"애야!"

선생님이 이마를 찡그리며 말했다.

"말해봐라, 솔직히. 그 포스터를 이곳에 걸어둘 만큼 네가 대단한 일을 한 게 있니?"

부 무스 선생님은 이소룡 포스터를 흘끗 쳐다보았다. 이소룡은 마하르를 흘끗 바라보았고, 마하르는 나를 거만한 표정으로 노려보았다.

나는 아무런 대가 없이 분필을 사온 몇 년간의 심부름을 선생님에게 설명했다. 선생님의 귀가 꼿꼿이 곤두섰다.

"이런, 아무런 보상이 없었다고 말했니? 넌 선생님이 귀가 먹었다고 생각하는구나! 어시장에서 무슨 일이 있었는지, 월요일마다 가게 주인집 딸을 찾아가 무슨 불장난을 했는지 말이야?"

아! 딱 걸렸군!

"금요일마다 네가 분필에 손댄 걸 내가 몰랐다고 생각하지 않겠지? 그래야 그 소녀를 만날 수 있었잖아!"

나는 깜짝 놀랐다. 부 무스 선생님은 모든 걸 다 알고 있었던 거다. 선생님은 줄곧 내 행동을 꿰뚫어보고 있었다. 쥐구멍에라도 들어가고 싶었다.

나는 바짝 얼어붙었다. 선생님에게 잘못했다고 빌었다. 선생님의 손에 입을 맞추었다. 그러면서 내가 필리시움 나무 근처에 묻어두었던 분필을 되가져오겠다고 약속했다. 그리고 나서 나는 주제를 바꾸었다.

"선생님, 우리 교실에서 필요한 것은 바로 영감이에요!"

나는 아는 체하며 알랑거렸다.

나는 존 레논의 영감 어린 조언을 들려주었다.

부 무스 선생님은 마을학교 교사였지만, 꽤 진보적이었던 것 같다. 아니면 내 진지한 사과에 감명 받았는지도 모르겠다. 내 진심 어린 사과의 말을 마치고 나서, 나는 그 포스터를 걸어도 좋다는 허락을 받아냈다.

그리하여, 기적과도 같이 포스터 세 장과 영광스러운 상징 하나가 우리 교실에 나란히 걸렸다. 각각의 포스터에는 좌우명이 적혀 있었다.

로마 이라마 : *돈벼락*

존 레논 : *삶이란 당신이 다른 계획을 세우느라 바쁜 와중에 당*

신에게 일어납니다!

이소룡 : 쿵푸 파이터. *죽을 때까지 싸운다.*

무하마디아 교훈 : *좋은 일을 하고 나쁜 일을 하지 마라.*

학교 밑에 숨어 있는 보물

우울한 날.

오늘, 우리는 나쁜 소식을 네 가지나 접했다.

첫째. 곽 하르판 교장선생님이 많이 편찮으시단다. 침대에서 일어날 수도 없을 정도란다.

둘째. 사마디쿤 씨가 우리 축제 트로피 사진에 전혀 감동을 받지 않았다. 사진을 우리한테 다시 돌려보냈다. 학교 문을 닫겠다는 위협은 여전히 멀쩡하게 살아 있다. 우리는 마지막 시찰을 초조히 기다렸다. 그건 오늘이 될 수도, 내일이 될 수도 있었다. 다시 말해, 우리 학교는 풍전등화와 같은 운명으로, 어느 한순간 문을 닫을 수도 있었다.

세 번째 소식은 무척 걱정스러운 것이었다. 점점 더 많은 PN

28장 • 학교 밑에 숨어 있는 보물

조사관들이 학교로 찾아오기 시작했다. 심지어 우리 교실 안까지 들어와 바닥 표본을 파갔다. 조사팀장이 이곳 주석 함량이 12라고 했다. 측정결과에 따르면, 1,000세제곱미터당 약 1,200킬로그램의 주석이 매장되어 있다는 뜻이었다.

"함량이 매우 높아. 네덜란드 점령기 이후로 이렇게 높은 함량은 본 적이 없어."

우리는 기운이 빠졌다. 이 모든 것은 오직 한 가지를 의미했으니까. 준설기가 분명 우리 학교를 갈아엎으리라.

부 무스 선생님의 얼굴이 일그러졌다. 선생님은 준설기 문제가 매우 어려운 문제라는 걸 잘 알고 있었다. 출구 없는 막다른 골목 같았다.

"그게 다가 아닙니다. 탄탈과 더불어 티탄철석도 나왔어요. 우라늄도 있을지 모릅니다."

조사관 한 명이 아주 비밀스럽게 속삭였다.

탄탈과 티탄철석은 모두 값비싼 광물이다. 주석보다 열 배나 더 값어치가 나간다.

우리는 아이러니한 현실에 마음이 아팠다. 낡아 무너져가는 학교, 살아가기 위해 매일매일 가난과 싸우는 바로 그 학교 바로 아래에 몇 조 루피아에 이르는 숨은 보물이 묻혀 있다니.

네 번째 소식. 마하르.

"숙제는 해왔니?"

부 무스 선생님이 마하르에게 물었다. 선생님이 속을 뒤집는 마하르의 엉뚱한 행동에 대해 일장 연설로 꾸짖은 뒤였다. 마하르가 '신비의 영역'이라는 '잘못된 길'로 이미 접어들었다며 선생님은 슬퍼했다. 그날 이 문제를 해결하기 위해 우리가 좋아하는 체육시간을 취소했다. 우리는 모두 교실에 들어와 마하르가 바른길로 가도록 도와주었다.

마하르는 고개를 숙였다. 잘생기고 똑똑한 데다 예술적 재능이 있는 아이였다. 하지만 자신의 확신에 대해서만큼은 고집불통이었다.

"선생님, 미래는 신의 영역이에요."

나는 선생님이 직면한 시련을 똑똑히 보았다. 선생님의 얼굴은 무척 지쳐 보였다. 어머니가 이런 말을 한 적이 있었다. 우리에게 처음으로 글과 숫자를 깨우쳐줘 우리가 읽고 셈할 수 있게 해주신 분은 돌아가실 때까지 복 받을 거라고. 나는 우리 어머니의 말에 전적으로 동의한다. 하지만 우리 선생님은 그것만 하는 게 아니다. 또한 선생님은 우리의 마음도 열어준다.

"긍정적인 계획은 하나도 없어. 책을 읽지도, 숙제를 하지도 않

아. 샤머니즘에 빠져 더 이상 신의 말씀에 등을 돌려서는 안 돼!"

부 무스 선생님의 말은 라디오 아침 뉴스 아나운서의 말처럼 들리기 시작했다.

긴급특보.

"시험성적은 고꾸라지고 있습니다. 3학기 시험이 바로 코앞에 다가왔습니다. 점수가 형편없어 점수를 올리지 못하면 마지막 학기 시험을 치를 수 없을 것으로 보입니다. 그건 진학을 위한 국가시험을 치를 수 없다는 뜻이기도 합니다."

점점 더 심각해졌다. 마하르의 고개는 더욱더 아래로 떨어졌다. 설교는 이어졌다.

헤드라인 뉴스.

"코란과 하디스[5]의 가르침대로 사십시오. 이것은 무하마디아의 규칙입니다. 인샬라,[6] 훗날 나이 들어 복 받을 것입니다. 율법에 따른 음식을 먹고 독실한 배우자를 만나야 축복받을 수 있습니다."

다른 소식들.

"신비주의, 초자연적인 과학, 미신, 이것은 모두 우상숭배의

---

5 예언자 마호메트에 관한 구전 전승으로, 이슬람에서 도덕의 지침으로 또한 종교법의 주요 원천으로서 존중된다.
6 알라가 뜻하는 대로.

형태입니다. 다신론은 이슬람에 대한 가장 심각한 침해라 할 수 있습니다. 우리가 매주 화요일 신앙공부에서 배운 올바른 행동은 다 무엇이란 말입니까? 그 모든 교훈은 다 무엇이란 말입니까? 옛날 무신론자들로부터 무엇을 배웠습니까? 당신의 무하마디아 윤리는 어디 있단 말입니까?"

교실에는 긴장감이 감돌았다. 우리는 마하르가 용서를 빌고 앞으로 열심히 공부하겠다고 다짐하길 바랐다. 안타깝게도, 마하르는 이의를 제기했다.

"저는 어둠의 세계에서 지혜를 찾습니다, 선생님. 저는 괴로워요. 알고 싶단 말이에요. 나중에 신비한 방법으로 신은 제게 독실한 배우자를 주실 겁니다."

어떻게 감히 그런 말을! 부 무스 선생님은 감정을 자제하려 무진 애를 썼다. 마하르를 한 대 때리고 싶었을 거다. 선생님은 화를 참느라 얼굴이 벌게졌다. 선생님은 마음을 진정시키려 교실을 빠져나갔다.

우리는 모두 마하르를 노려보았다. 사하라의 눈썹은 일자 눈썹이 되고 눈동자는 이글거렸다.

"어서 쫓아가서 잘못했다고 그래! 넌 네가 얼마나 운이 좋은 아이인지도 모르는구나!"

사하라가 큰 소리로 나무랐다.

다음으로 쿠카이가 반장이랍시고 한마디 거들었다. 목소리는 우레와 같았다.

"선생님 말씀을 안 듣는 건 부모님 말씀을 안 듣는 거하고 똑같아. 불손해! 반항하면 벌 받는다는 말 못 들었어? 그렇게 말을 안 들으면 코끼리보다 코가 더 길어질 거야."

쿠카이는 마하르를 호되게 꾸짖었다. 하지만 쿠카이의 커다란 눈동자는 하룬을 바라보고 있었다.

마하르는 갈등에 빠진 얼굴이었다. 후회하는 표정과 더불어 자기 입장을 고수하려 결의를 다지는 표정이 뒤섞였다. 우리는 이런 버릇없는 태도를 두고 볼 수가 없었다. 막 마하르에게 따지려고 할 때, 부 무스 선생님이 교실로 다시 들어왔다. 긴급속보를 들고서.

"잘 들어, 마하르. 다신교에서는 어떠한 지혜도 찾아볼 수 없어! 신비주의를 통해 네가 얻을 수 있는 것이란 결국 상실감뿐이야. 네가 그런 신념에 집착하면 할수록, 너는 더욱더 많은 걸 잃게 될 거야. 다신론의 끝 모를 구덩이 속으로 빠져들게 된단다. 게다가 네가 그 불구덩이 속에 던져 넣은 장작을 부채질하는 걸 악마가 도와줄 거야!"

마하르는 몸을 움츠렸다. 하지만 거기서 끝난 게 아니었다. 부 무스 선생님은 계속 말을 이어갔다.

"왜 정신을 차려야 하냐면…….."

선생님이 마지막 말을 마치기 전, 누군가가 인사를 하며 불쑥 끼어들었다.

"안녕하세요."

부 무스 선생님은 말을 하다 말고 몸을 돌려 문 쪽을 향했다. 출입구에 두 사람이 서 있었다. 선생님은 인사를 건네며 두 사람에게 들어오라고 했다. 거만한 표정의 남자와 사내 같은 여자아이였다. 여자아이는 키가 크고 말랐다. 머리는 짧고, 하얀 피부에 예쁘장한 얼굴이었다.

잘난 체하는 표정의 남자가 애써 친근한 미소를 지어 보이려 했다.

"제 딸 플로입니다."

그 남자가 느릿느릿 말했다.

"더 이상 PN 학교에 다니지 않겠다고 합니다. 벌써 2주나 학교에 나가지 않았어요. 이 학교에 다니겠다고 떼를 쓰는군요."

남자는 머리를 긁적거렸다. 어찌할 바를 몰라 했다. 말 한 마디 한 마디가 마치 쇳덩이나 되는 듯 입에서 굼뜨게 나왔다. 남자의 말은 딸 때문에 어쩔 수 없이 이 자리에 온 것을 애써 견디고 있다는 몸짓이었다.

부 무스 선생님은 쓴웃음을 지었다. 시련의 연속이었다. 병석에 누워 있는 교장선생님을 생각하자 머릿속이 어질어질했다. 가르치는 일에서부터 학교 문을 닫겠다는 협박에 이르기까지, 우리 문제를 모두 혼자 감당하고 있었다. 사마디쿤 씨의 위협, 피할 수 없는 준설기, 말 안 듣는 마하르, 그리고 이제 이 소녀에 이르기까지. 이 여자아이는 엄청 말괄량이였다. 선생님은 이 모든 것을 다 감당할 수 있을까? 오늘은 부 무스 선생님에게 불운한 날이었다.

플로는 무관심한 듯했다. 그저 자기 아버지를 말똥말똥 쳐다보기만 했다. 그 예쁘장한 여자아이의 표정은 아주 인상적이었다. 황소고집에, 자기가 하고 싶은 건 다 해야 직성이 풀릴 듯했다. 그 아이의 아버지는 자기 딸에게 친근한 눈빛을 보냈는데, 그건 자신의 패배를 시인하는 듯한 표정이었다. 남자는 우리 교실을 구석구석 돌아다니며 살펴보았다. 어쩌면 우리 교실이 그 남자에게 일본인의 취조실을 상기시킨 건지도 몰랐다. 안쓰러운 눈빛이었다. 목소리도 안쓰러웠다.

"그래서 딸아이를 선생님께 부탁하려고요. 만약 아이가 문제를 일으키면 저를 찾아주세요. 어디로 연락하는지 아시죠? 그리고 이런 말을 하게 돼서 죄송스럽습니다만, 딸아이가 선생님을 좀 힘들게 할지 몰라요."

우리는 쿡쿡 웃음을 터트렸다. 그 아버지도 씁쓸하게 웃었다.

플로는 여전히 아무 관심 없다는 투였다. 마치 자기 아버지가 남의 얘기라도 하는 것처럼. 플로 아버지는 돌아갔다.

"좋아, 그래! 우리 학교에 온 걸 환영한다. 사하라 옆에 앉으렴."

부 무스 선생님이 플로에게 말했다.

사하라는 뛸 듯이 기뻤다. 사하라는 자기 옆 빈자리를 쓱 문질렀다. 그런데 놀랍게도, 플로는 꿈쩍도 하지 않았다. 플로는 창문 밖 저 먼 곳을 응시했다. 우리는 어안이 벙벙했다.

순간, 플로가 우리 쪽을 바라보더니 트라파니를 가리키며 말했다.

"마하르 옆에 앉을래요."

기가 막혔다. 무하마디아 학교에 들어온 지 불과 몇 분도 지나지 않았는데, 그 아이의 자그마한 입에서 맨 처음 나온 말이 반항적인 말이라니! 반항은 우리 학교에서는 매우 드문 것이었다. 우리는 우리 선생님한테 그냥 구루라고도 부르지 않았다. 더욱더 존경의 표현을 담아 *이분다* 구루라고 불렀다.

선생님의 얼굴이 더욱 어두워졌다. 선생님은 마하르와 이 새로 온 말괄량이 학생이 우리 학교의 무하마디아 윤리를 얼마나 무너뜨렸는지 곰곰 생각했다. 이제 마하르의 짝꿍이 되기를 원한다고? 선생님의 삶은 시련의 연속이었다.

플로의 얼굴을 보니 고분고분 말을 듣지 않을 게 뻔했다. 선생님은 싸우고 싶지 않았다. 그래 봐야 아무 소용없을 것이다. 플로는 자신을 여자아이로 생각하지 않았기에 사하라 옆에 앉지 않으려고 했다. 동시에, 플로는 분명 트라파니가 자기에게 굴복할 거라고 생각했을 것이다. 자기가 여자였으니 말이다. 자기정체성을 알지 못하는 것은 이렇게 종종 혼란스럽다.

선생님은 어쩔 수 없이 어려운 결정을 내려야 했다. 선생님은 트라파니에게 자리를 내주라고 일렀다. 플로는 서둘러 마하르 옆, 트라파니가 앉던 자리를 차지했다. 마하르는 즉시 자신의 짜증 3종 세트를 드러내 보였다. 눈썹을 치켜올리고, 어깨를 으쓱해 보이고, 고개를 끄덕였다. 완전 밥맛없는 모습이었지만 마하르는 그러거나 말거나 했다. 마하르가 예상했던 것처럼, 신은 신비하게도 마하르에게 파트너를 데려다주었다. 마하르의 기도는 즉각 응답을 받았다. 그 결과, 트라파니는 짝꿍을 잃었다. 우리에게 다른 책상이 없었기에 트라파니는 무지막지한 사하라 옆자리에 앉아야 했다. 사하라는 이 일로 아주 많이 성을 냈다. 그래서 트라파니를 자기 짝꿍으로 인정하지 않았다. 트라파니는 이마를 찡그렸다.

처음 며칠 동안, 우리는 플로의 학용품에 정신을 빼앗겼다. 하지만 플로에게 그것은 별 게 아니었다.

플로는 여섯 개나 되는 가방에 맞추어 옷을 갈아입었다. 금요일 가방이 가장 큰 관심을 끌었는데, 우리가 인도네시아 영화에서 보았던 것처럼 술 장식이 있었기 때문이었다.

플로가 우리 교실에 앉아 있는 모습은 어색했다. 우리 교실에 있는 가구들은 모두 그 애가 쓰기에는 적당하지 않았다. 플로는 오리 우리에서 길을 잃은 백조 같았다. 부잣집 딸이 이 가난하고 보잘것없는 학교에서 도대체 무엇을 찾고 있단 말인가? 왜 번쩍번쩍한 PN 학교를 코프라 창고같이 초라한 우리 학교와 맞바꾸려고 한 걸까? 누구의 마당에서 사과를 훔쳤기에 사유지의 에덴 정원에서 쫓겨난 것일까?

플로는 PN 학교에서 쫓겨났거나 사유지에서 추방된 건 아니었다. 플로는 자발적으로 무하마디아 학교로 전학 오고 싶어 했다. 누가 시킨 게 아니었다. 정신적으로나 육체적으로 건강한 상태에서 신중하게 내린 결정이었다. 그 애의 생각이 조금 이상할 뿐이었다.

왜 우리 학교로 오고 싶어 했는지 물어봤더니 그 애는 혀 짧은 소리로 당당하게 대답했다. 그 애의 대답에 우리는 뒷골이 쭈뼛했다.

"축제 때 너희 춤이 너무 마음에 들었어. 진짜 마법처럼 신기하더라."

그 대답으로 플로가 왜 마하르의 옆자리에 앉으려고 했는지 그 비밀이 시원하게 풀렸다. 마하르의 격언에 따를 것 같으면, 운명은 돌고 돈다. 그리고 우리 교실에서, 운명의 순환은 두 명의 유령 광신도들을 하나로 만들어주었다.

진짜 이상한 일이었다. 하지만 불모의 무하마디아 학교에서, 플로는 아주 열정적이었다. 마치 무엇인가가 그 애를 움직이는 것 같았다. 플로는 학교에 꼬박꼬박 나왔다. 그리고 선생님한테 아주 예의 바르게 행동했다. 게다가 어느 누구보다도 일찍 학교에 왔다. 린탕보다도 일찍. 학교를 청소하고, 그 섬뜩한 우물에서 양동이로 물을 길어오고, 부지런히 꽃에 물도 주었다. 가난한 무하마디아 학교는 그 애의 영혼에 이르는 교량이었다.

플로는 마하르와 아주 친했다. 약간은 우스꽝스러운 반항을 하며 자기 자신을 찾으려 노력한 뒤, 그 애는 마침내 젊은 주술사와 함께 그렇게 할 수 있었다. 마하르 또한 마찬가지였다. 마하르는 자신을 이해해주고, 자신을 모욕하지 않으며, 자신의 기이한 행동을 모두 이해해주는 사람을 만났다.

두 사람을 보면, 사람들은 단짝이라고 생각할 거다. 잘생긴 어린 소년과 귀여운 말괄량이 소녀는 언제나 함께였다. 서로를 아주 좋아했다. 하지만 두 녀석에게는 감정적인 교류 따위는 없었다. 서로 좋아는 했지만, 그들의 진정한 연인은 샤머니즘이라는 어둠의 세계였다.

묘하게도, 마하르는 플로가 옆에 있어서 많이 나아졌다. 마하르는 초자연적인 것과 인류학, 민화, 고고학, 치유의 힘, 고대 과학, 의식, 그리고 내세 믿음과 같은 것들 사이의 관계는 물론이고, 신화에 더욱 푹 빠졌다. 마하르는 다소간 자신을 불가사의한 것을 연구하는 학자로 여겼다. 플로는 진정한 모험가였다. 그 애는 신비한 현상들, 또는 신비한 현상의 과학적인 측면을 이해하는 데에는 관심이 덜했다. 이왕이면 머리카락이 오싹해지는 것을 경험하는 데 보다 관심이 있었다. 플로가 심오한 신비의 경험을 활용하는 유일한 경로는 자기 자신을 시험하는 것이었다. 자신이 얼마나 큰 두려움을 견뎌낼 수 있는지 말이다. 그 애는 위험한 유령의 세계에서 몸을 오들오들 떠는 것에 심취해 있었다. 마하르와 비교해도, 플로는 미친 게 분명하다.

비가 억수같이 내리던 어느 차가운 밤, 플로는 무지개 분대의 일원이 되겠다는 맹세를 했다. 무지개가 멀리 떠오르고, 우레가 동부 벨리퉁 하늘에 울려 퍼졌을 때, 플로는 우정을 맹세했다.

29장

플랜 B

나는 에덴서 마을과 『만약 그들이 말할 수 있다면』이라는 책 덕분에 자기연민에서 벗어날 수 있었다. 나는 분필을 사오는 일상으로 꽃피웠던 아름다운 내 첫 로맨스의 청사진을 오롯이 뒤로 남겨두었다.

소년이란 참 대단한 존재인 것 같다. 수년 동안의 사랑 이후, 상처 입은 마음을 재빨리 추스르는 능력이 있으니 말이다. 정확히 5년! 아, 나는 2학년 때부터 아 링과 사랑에 빠졌다. 비록 딱 한 번 만났지만 그것은 사랑이었다. 그래도 나는 일주일 만에 이겨낼 수 있었다. 전적으로 책의 도움 때문이었다. 무슨 마법 같았다. 3주간의 플라토닉 사랑으로 다친 마음을 치료하는 데 수년이 필요한 어른도 많다. 나이가 들면서 어른들이 점점 더 치유가 잘 안되는 건 왜일까?

이제 나는 아 링을 내 인생에서 가장 아름다운 부분으로 기억한다. 설령 지금은 시체를 먹는 독수리의 날카로운 발톱이 나를 맞아준다 할지라도, 나는 여전히 사랑에 대한 똑같은 본능과 열정으로 사흐단과 함께 매주 월요일 아침마다 착실하게 분필을 사러 갔다.

분필을 사러 갈 때마다, 매번 똑같은 과정을 거쳤다. 잡화점에서 풍기는 악취 한가운데에서 늘 같은 감정을 느꼈다. 마치 아 링이 익숙한 조개껍질 커튼 뒤에서 여전히 나를 기다리고 있기라도 한 것처럼, 나는 내 첫사랑의 아름다움에 대해 느꼈던 일련의 감정을 따랐다.

분필을 사러 가지 않을 때는 자기개발 심리 실용서적을 열심히 읽으며 내 자신에 집중했다. 그리고 존 레논의 영감 어린 말에 더욱 열광했다.

책은 내게 내 재능을 찾으라고 했다. 내 재능이 무엇인지 나는 분명히 알았다. 글쓰기를 좋아하고 배드민턴도 퍽 잘했다.

나는 언제나 우리 지역 배드민턴 대회에서 일등을 차지하곤 해서 집에는 트로피가 쌓여 있었다. 트로피가 하도 많아 어머니는 트로피 몇 개를 빨랫감을 눌러놓거나 바람에 문이 닫히지 않게 괴어 놓기도 하고 또 닭장 벽이 쓰러지지 않게 기대어두기도

했다. 트로피 하나는 쿠쿠이나무 열매를 깨는 망치로 썼다. 최근 시합에서 딴 트로피 중에는 끝이 뾰족한 것도 있었는데, 우리 아버지는 그것을 효자손처럼 등을 벅벅 긁을 때 썼다.

나는 언제나 큰 차이로 대승을 거두었다. 가여운 녀석들. 녀석들은 몇 달 동안 훈련하고, 매일 아침마다 힘을 보충하기 위해 반숙 달걀에 알로에와 꿀을 넣어 먹었지만 내 앞에서는 속수무책이었다.

때로 나는 드롭샷과 더블 공중제비, 리턴드 스매시도 구사했다. 관중들과 잡담하거나 땅바닥을 구르면서도 셔틀콕을 때렸다. 등을 상대방에게 보인 채 두 다리 사이로 스트레이트 샷을 받기도 했다. 종종 왼손으로도 똑같이 그렇게 했다!

내 경기 모습을 보면 마음 약한 상대는 기가 막힐 것이다. 그렇다고 노골적으로 화를 내면, 그것은 스스로 무덤을 파는 꼴이 된다. 관중들은 배드민턴 코트에서 벌어지는 쇼를 바라보며 환호했다. 내가 시합할 때면 시장바닥은 쥐죽은 듯 조용했고, 동네 찻집은 문을 닫고, 아이들은 집으로 서둘러 귀가했고, PN 일꾼들은 일찍 일을 끝마쳤으며, 공무원들은 잠시 일손을 놓았다. 그러니까, 아침에 출근했다면 그랬다는 거다. 그리고 일이 없는 공동체 대표들은 시합이 시작되기 전부터 경기장 옆에 일렬로 줄을 섰다.

"곱슬머리 애기 사슴."

사람들은 나를 그렇게 불렀다. 마을회관 바로 옆에 있는 배드민턴 경기장은 흥분의 도가니였다. 경기장 옆에 설 자리를 찾지 못한 사람들은 근처 코코넛 나무 위로 기어 올라가 경기하는 내 모습을 내려다봤다.

이 모든 사실이 배드민턴을 내 특기라고 할 만한 충분한 이유가 된다고 생각했다. 자기개발 서적에 적힌 대로 말이다.

나의 또 다른 큰 관심사는 글쓰기이다. 이 분야에서의 내 능력 혹은 능력의 결핍에 대해서는 아 링에게 보낸 내 편지와, 시 때문에 때로 웃음이 나왔다고 말했던 아 키옹의 말보다 더 확실하게 입증할 증거는 없었다. 나는 아 키옹의 말이 정확히 무슨 뜻인지 확신하지 못했다. 정말 좋았다는 말일 수도 있고, 정말 나빴다는 말일 수도 있기 때문이었다.

그래서 이 두 분야를 모두 연마하기 시작했다. 매일 배드민턴 연습을 했다. 그러다 지치면 엷은 미소와 둥근 안경이 돋보이는 존 레논의 사진을 잠깐 바라다보았다. 그러면 내 열정이 다시 활활 불타올랐다.

성공학 박사들이 설명한 것처럼, 건설적인 사람은 플랜 A와 플랜 B를 세워야 한다.

플랜 A는 자신의 모든 자원을 주특기를 개발하는 데 쓰는 것이다. 내 경우, 이것은 분명 배드민턴과 글쓰기였다. 이 계획에 성공의 첫 발걸음부터 영광의 정상에 이르기까지, 모든 것을 매우 구체적으로 포함시켰다. 나는 매번 이 계획을 읽을 때면 잠이 안 왔다.

나는 내 플랜 A를 위해 만들어낼 분명한 공식이 있어서 매우 행복했다. 유명한 배드민턴 선수 또는 작가가 되는 것 말이다. 가능하다면, 어쩌면 둘 다 할 수 있을지도 몰랐다. 최소한 둘 중 하나는 되겠지. 만약 둘 중 하나도 될 수 없다 할지라도, 뭐든 될 수 있을 거다. 집배원만 되지 않는다면 상관없다.

무지개 분대 아이들을 둘러보니, 그 아이들 모두 자신만의 남다른 플랜 A가 있었다.

예를 들어, 사하라는 여성 권리를 위해 일하는 활동가가 되고 싶어 했다. 인도 영화에서 여성들이 받는 끔찍한 처우를 보고 나서 그런 꿈이 생겼다.

아 키옹은 선장이 되고 싶어 했다. 자기가 여행을 좋아하기 때문이란다. 설마. 분명 커다란 선장 모자에 혹해서 그런 꿈이 생겼겠지.

쿠카이는 자신에게 정치인의 자질(교활하며, 인기 영합주의에 빠져 있고, 뻔뻔스러운데다, 떠벌리기 좋아하고, 주체할 수 없는 논쟁의 욕망)이 있다는 것을 알게 된 바로 그 순간부터 인도네시아 입법부 의원이 되려는 아주 분명한 꿈이 생겼다.

느닷없이, 아주 단호하게, 사흐단은 자기는 배우가 될 거라고 힘주어 말했다. 배우 소질이 전혀 없어 보이는 데도 말이다. 사흐단은 하도 실수를 해서 우리 반 연극에서 대사 있는 역할을 한 번도 맡아본 적이 없었다. 그래서 언제나 공주에게 부채질을 해주는 따위의 아주 단순한 배역을 맡았다. 그러면 공연 내내 한 마디도 할 필요가 없었다. 그런데 그것도 제대로 해내지 못할 때가 가끔 있었다.

모두가 사흐단에게 장래희망을 다시 한 번 생각해보라고 했지만 요지부동이었다. 아무리 비웃어도 귓등으로 흘려들었다. 사흐단은 배우가 되고 싶었다. 두말하면 잔소리다.

"소망은 기도야, 사흐단."

사하라가 사흐단에게 조언해주었다.

"만약 신이 네 기도를 들어준다면, 인도네시아 영화산업이 어떻게 될지 상상할 수 있어?"

마하르는 유명한 심령술사가 되고 싶어 했다. 자신에게 반대하는 사람들도 존경하는 그런 심령술사 말이다.

삼손의 소원이 가장 단순했다. 삼손은 비관론자였다. 그저 시골 영화관에서 표 받는 사람이라든가 경비원이 되고 싶어 했다. 취미가 영화감상이니까. 게다가 경비 일은 아주 남자다워 보였으니까. 한편, 훌륭하고 잘생긴 트라파니는 교사가 되고 싶어 했다. 그리고 하룬은 한결같이 트라파니가 되고 싶어 했다.

모두 린탕 때문이었다. 린탕이 없었다면, 우리는 감히 꿈도 꾸지 못했을 거다. 우리(그리고 벨리퉁의 모든 소년들의) 머릿속에는 초등학교를 졸업하거나 중학교를 마치면, PN에서 일하는 것 말고는 뾰족한 생각이 없었다. 그러니까, 우리는 장래가 촉망되는 미래의 고용인이 될 것이다. 그러고 나서 평생 광부로 살아가다가, 마침내 노동자로 은퇴한다. 그게 바로 우리 아버지와 할아버지로부터 대대로 보아왔던 것이다.

하지만 린탕과 린탕의 뛰어난 능력은 우리에게 확신을 심어주었다. 우리가 그동안 꿈꿔왔던 것보다 더 큰 꿈을 꿀 수 있는 가능성이 우리에게 있다고 눈뜨게 해주었다. 비록 그 길이 쉽지는 않았지만, 린탕은 우리에게 용기를 심어주었다.

린탕은 수학자가 되고 싶어 했다. 린탕이 꿈을 이룬다면, 최초의 말레이 수학자가 될 거다. 정말 멋지지 않은가! 그 생각을 할 때마다 가슴이 벅찼다. 나는 린탕의 계획을 소리 없이 사랑했다. 나는 린탕이 자기 꿈을 이룰 수 있게 해달라고 자주 기도했다. 린탕이 자신의 꿈을 이루는 데 누군가의 꿈을 희생해야 한다고 신이 그러시면? 그렇다면 나는 린탕을 위해 내 꿈을 기꺼이 희생할 것이다.

린탕은 퀴즈대회를 준비하느라 여념이 없었다. 린탕은 매일 더욱 환하게 빛났다. 린탕이 전국 규모의 퀴즈대회에서 PN 학생들의 머리를 이길 수 있을까? 우리가 믿어 의심치 않았던 것처럼 린탕은 정말 천재였을까? 우리는 린탕에 대한 우리의 감탄이 근시안적인 왜곡은 아닌지 걱정스러웠다. 린탕이 자그마한 우리 안의 챔피언에 불과한 존재가 아니기를, 우리의 자그마한 연못에 있는 커다란 물고기에 불과하지 않기를 우리는 희망했다. 어쩌면 린탕은 애꾸눈 사내고 나머지 우리는 맹인일지도 몰랐다. 맹인 왕국의 애꾸눈 왕이 아니었을까?

일리가 있는 우려였다. 우리 학교는 버려진 외딴 학교였다. 그래서 저 번쩍번쩍 빛나는 세계가 얼마나 빨리 발전하는지 가늠할 방법이 없었다. 우리는 PN 학교 또는 공립학교 학생들이 얼마나 잘났는지 몰랐다. 좋은 교육을 받은 선생님, 유익한 책, 시청각 자료, 도서관과 현대적인 실험실. 그곳 아이들의 충분한 영양 상태는 말할 것도 없고. 다음 주의 퀴즈대회가 우리의 걱정을 덜어줄 것이다. 그러면서 린탕이 정말로 어떤 아이인지를 알게 되겠지. 진실을 알기 위해서는 기다리는 것 말고 달리 방법이 없었다.

자, 내가 읽은 책에 따르면, 제아무리 잘난 인물이라 해도 만약을 대비한 *예비 계획*이 필요하다.

이것을 대안 계획 또는 플랜 B라고 부른다.

플랜 B는 플랜 A가 실패할 경우를 대비한 것이다. 절차는 단순하다. 실패하면, 플랜 A를 던져버리고 새로운 재능을 찾는다. 그것을 찾은 뒤, 플랜 A에서 했던 것처럼 동일한 절차를 따르면 된다. 그것은 훌륭한 인생 요리법이었다.

문제는, 배드민턴 말고는 내게 다른 재능이 없다는 사실이었다. 사실, 나는 다른 재능이 있었다. 그건 바로 공상에 빠지는 능력이었다. 이런 능력을 인정하기는 조금 부끄러웠다.

나는 린탕만큼 똑똑하지 못했다. 또는 마하르처럼 예술적 재능이 없었다. 나는 플랜 B를 짜내려고 오랫동안 열심히 생각했다. 그래도 다행이었다. 몇 주 동안 생각하고 생각한 끝에, 닭장 문을 닫다가 불쑥 플랜 B에 대한 아이디어가 떠올랐다.

내 플랜 B의 장점은 내가 플랜 A를 완전히 포기할 필요가 없다는 점이다. 전문가들도 분명 이렇게까지는 생각하지 못했을 거다. 요점은 이렇다. 내가 배드민턴 분야에서 실패하고 작가로도 성공하지 못한다면, 출판사에서 내 글을 오직 파지로 내다판다면, 나는 플랜 B로 갈아탄다. 그건 바로 배드민턴에 대한 책을 쓰는 것이다!

아직 아무것도 이루어지지 않았지만, 나는 벌써 내 책에 서명하는 몽상에 빠졌다. 책 뒤표지에는 배드민턴 대회 우승자들의 칭찬이 적혀 있을 것이다.

"*지금껏 이런 스포츠 책은 없었다. 작가는 분명 건전한 정신은 건전한 신체에 깃든다는 말의 의미를 제대로 이해하고 있다.*"

자카르타의 유명한 사랑 전문가는 이렇게 평을 달겠지.

"*이 책은 침대에서 문제가 있는 뚱뚱한 사람들이 반드시 읽어야 할 책이다.*"

인도네시아 청소년 체육부 장관은 이렇게 한마디 하겠지.

"*들뜨게 하는 책!*"

인도네시아 교육부 장관은 감동적인 고백을 할 거야.

"*난 아주 오랫동안 책을 읽지 않았습니다. 그때 이 책이 나왔어요. 그리고 마침내 나는 책을 다시 읽게 되었습니다!*"

여자단체 세계 선수권대회의 왕년의 스타는 솔직하게 인정하겠지.

"*이 책을 읽고 나서 작가를 꼭 껴안아주고 싶었어요!*"

린탕의 두 번째 약속

그곳에 우리가 있었다. 아르 데코 스타일의 건물 안 시끌벅적한 타원형 방에. 우리는 구석으로 주춤주춤 물러섰다. 사하라, 린탕, 그리고 나.

다시 한 번, 우리 학교의 평판이 위태롭게 될 수 있는 상황에 처했다. 그건 바로 퀴즈대회. 우리는 구경 한 번 해보지 못한 교과서를 가지고 온 공립학교와 PN 학교 아이들을 보고는 기가 팍 죽었다. 책은 두툼하고 표지는 반짝반짝 윤이 흘렀다. 분명 값비싼 책일 거다.

여기서의 위기는 우리가 축제에서 마주했던 것보다 훨씬 더 컸다. 퀴즈대회는 지식을, 재수가 없다면 대단히 멍청하다는 것을 만천하에 드러내는 자리다. 모든 불운은 나, 사하라, 그리고 린탕의 몫이다. 우리는 버튼을 눌러 답을 맞히는 퀴즈대회에서 F팀을 배정받았다. 한 문제도 맞히지 못해 1점도 따지 못하고 집으로 돌아가면 어쩌지? 그러면 정말 굴욕적일 거다! 아, 자신감이라는 결정적인 문제. 뒤처진 환경에서 경쟁하려고 노력하는 사람들이 겪는 큰 문제였다.

우리는 부 무스 선생님과 함께 피나는 준비를 해왔다. 선생님은 이 대회에 큰 기대를 걸고 있었다. 축제 때보다 더 큰 기대를. 선생님은 연습문제를 준비하며 아침부터 저녁까지 우리를 열심히 가르쳤다. 선생님에게 이 대회에서의 승리는 사마디쿤 씨에게 우리 학교를 비난하지 않도록 확신을 심어주는 완벽한 수단이었다.

불행히도, 부 무스 선생님이 열심히 우리 사기를 드높이고, 우리에게 조언하고, 우리를 설득하고, 용기를 갖게 힘을 실어주려 노력했지만, 그래도 우리는 겁이 났다. PN 아이들의 손에 들린 반짝반짝 빛나는 표지의 두툼한 책을 보니 우리가 몇 주 동안 외우며 노력했던 것들은 한순간에 날아가버렸다. 머리가 띵했다.

나는 내 상상 속의 가장 조용한 장소, 에덴서의 푸르른 초원 위에 앉아 명상하는 내 모습을 떠올리려 애썼다. 보통 때 같으면 그렇게 하면 마음이 좀 편안해졌지만 이번에는 통하지 않았다.

우리는 멋지고 근사한, 큼지막한 마호가니 탁자 뒤에 앉았다. 방 안은 각 학교에서 응원 나온 사람들로 가득 찼다. 우리는 탁자 뒤에서 주눅이 들었다.

물론, 응원단이 가장 많은 곳은 PN 학교였다. 수백 명이나 있었는데, 특별한 셔츠를 입었다. 셔츠에는 율리우스 카이사르의 의욕적인 말 *"왔노라, 보았노라, 이겼노라"*가 요란하게 적혀 있었다. 라이벌의 사기를 무너뜨리기에 충분했다.

PN 학교의 퀴즈대회 팀원들은 최고 중 최고였다. 까다로운 기준에 따라 특별히 선발된 학생들이었다. 특히 올해에는 똑똑하기로 이름난 젊은 선생이 이 학생들을 철저하고도 과학적으로 준비시켰다. 이 대단한 선생님은 벨, 심사위원, 스톱워치, 그리고 출제 예상문제를 미리 완벽하게 준비했다. 새로 온 물리 교사로, 다국적 기업의 조사개발 부서에서 일했다고 한다. 그 선생님은 엄청난 봉급과 박사 학위에 대한 약속을 보장받고 PN 학교 선생으로 왔다. 그 선생님은 일류 국립대학교의 수학 및 자연과학 학부를 졸업했고, 올해에는 모범교사로 선정되기도 했다.

마하르와 플로가 우리 응원단을 이끌었다. 많은 수는 아니었지만, 모두 열의가 대단했다. 무하마디아 깃발 두 개하고, 축구

팬들이 가져오는 것처럼 다양한 물건들도 가져왔다. PN 학생들은 플로를 배반자로 간주해서, 플로에게 싸늘한 눈초리를 보냈다. 하지만, 린탕처럼, 플로는 그런 것에는 신경도 쓰지 않았다. 우리가 PN 팀한테 창피를 당하는 건 시간문제였지만, 플로는 아무렇지도 않게 무하마디아 마을학교를 아낌없이 응원했다.

우리 응원단 중에는 트라파니와 트라파니의 어머니도 있었다. 두 사람은 손을 꼭 잡고 있었다. 나는 여학생들이 소곤거리는 소리를 들었다. 여학생들은 트라파니를 계속 흘끔거리며 키득거렸다. 자라면서 트라파니는 점점 더 인물이 훤해졌다. 키도 크고 몸매도 호리호리했으며, 뽀얀 피부와 숱 많은 검은머리를 가지고 있었다. 트라파니의 눈은 덜 익은 호두 같았다. 잔잔하고, 침착하고, 그윽했다.

사실, 트라파니는 우리 팀에 뽑혔었다. 평균점수는 사하라보다 높았지만 지리 점수가 좀 낮았다. 우리 팀의 구성은 다음과 같다. 수학, 자연과학, 영어는 모두 린탕의 손에 달렸다. 나는 사회, 이슬람 역사, 이슬람 법학을 꽤 잘했고, 그리고 인도네시아어도 약간 잘하는 편이었다. 우리의 취약 과목은 지리였는데, 지리 과목의 전문가가 바로 사하라였다. 그래서 우리 팀을 위해, 열린 마음을 지닌 트라파니가 사하라에게 대회에 참가할 기회를 양보했던 것이다. 트라파니는 잘생긴 데다 마음이 넓기까지 한 녀석이었다.

부 무스 선생님은 트라파니의 희생을 높이 평가하며, 대신 무슨 사진이든 마음대로 우리 교실에 걸어둬도 좋다고 허락했다. 트라파니는 이 달콤한 제안을 활용해 부모님의 오래전 결혼사진을 걸었다. 그 사진은 근사한 흑백사진이었다.

마찬가지로, 마음을 다잡기 위해서인지도 모르겠는데, 린탕은 자기 부모님이 나란히 앉아 있는 사진을 가져왔다. 신혼부부 때 찍은 이 사진 속에서 신랑과 신부는 각양각색의 조화가 가득 담긴 커다란 단지 두 개 사이에 꽉 끼여 있었다. 배경은 종이 벽지였는데, 벽에는 초원, 행복해 보이는 가족이 둘러싼 승용차, 붉은 잎사귀의 기괴한 나무들이 있었다. 유럽의 어디쯤인 것 같았다.

"힘내, 이칼."

트라파니가 응원해주었다.

린탕은 등으로 만든 가방을 열어 자기 부모의 결혼사진을 바라보고는, 사진을 다시 가방에 넣고 차분히 기다렸다.

나는 가만히 있을 수가 없었다. 안절부절못했다. 더워서라기보다는 내 심장이 마구 뛰었기 때문이었다. 지금껏 우리 마을학교가 이 퀴즈대회에서 이겨본 적은 한 번도 없었다. 이 자리에 초대받은 것만으로도 영광이었다.

새벽기도를 드린 뒤 우리를 섭정 관할구의 수도 탄중판단으로

데려다줄 트럭 뒷자리에 올라탔을 때, 린탕은 꿀 먹은 벙어리였다. 린탕의 엄마, 아빠, 어린 여동생들도 따라왔다. 그때가 그들이 처음으로 탄중판단에 온 것이었다. 린탕도 마찬가지였다.

사하라가 가운데 앉고, 린탕과 나는 사하라의 옆에 나란히 앉았다. 린탕은 무관심한 듯 앞으로 몸을 기울였다. 린탕은 철저히 낯선 환경에서 열등감, 실망, 부끄러움을 느꼈다. 지쳐 보였다. 우리의 평판을 지켜내야 하는 짐을 홀로 진 사람이기라도 한 것처럼. 린탕은 떠들썩한 분위기 속, 누추한 옷에 당황스러운 표정으로 구석에 옹기종기 모여 앉아 있는 자기 엄마, 아빠, 어린 동생들을 이따금 흘끔 바라보았다.

"자신감은 무슨 얼어 죽을! 중요한 것은 문제를 집중해서 듣고, 버튼을 재빨리 누르고, 정확히 정답을 말하는 거야!"

나는 린탕과 사하라를 격려해주었다. 하지만 두 사람은 아무 말도 들리지 않는 듯했다. 린탕과 사하라를 더 이상 의지할 수가 없었다. 다른 팀들은 앞에 놓인 버튼을 누르는 연습을 하고 있었다. 우리 팀에서는 사하라가 버튼 누르는 특별 훈련까지 받았는데, 손가락을 동그란 버튼 가까이 가져가지도 못했다. 무대 공포가 사하라를 얼어붙게 했다. 버튼과 마이크의 시끄러운 소음에 우리는 덜컥 겁이 났다. 우리는 버튼을 만져보지도 못했다. 시작도 하기 전 싸움에 졌다. 무하마디아 응원단은 우리가 두려워하는 걸 눈치 챘다. 그들 역시 무척 불안하고 초조해 보였다.

분위기가 점점 긴장되어갔다. 이윽고 심사위원장이 자리에서 일어나 자신을 소개하고, 퀴즈대회의 시작을 알렸다. 내 심장은 쿵쾅거렸고, 사하라는 얼굴이 새하얗게 질렸으며, 린탕은 침묵을 지켰다.

나는 청중을 바라볼 엄두가 나지 않았다. 부 무스 선생님과 곽 하르판 교장선생님은 우리를 제대로 쳐다보지도 못했다. 교장선생님은 몸을 숙였다. 어쩌면 우리에 대한 기대가 너무 커서, 우리가 눈에 띄게 의기소침해 보이는 것에 실망한 건지도 몰랐다. 부 무스 선생님은 방 한가운데에 놓인 커다란 램프를 쳐다보았다. 마치 문어 왕처럼 보였다. 이 두 선생님들에게, 이번 퀴즈대회는 교사 경력에 있어 가장 중요한 사건이었다. 사마디쿤 씨에게 증명해야 하는 모든 것을 예시하는 단 한 번의 시합. 두 분의 교사로서의 명성이 위태로운 상황이었다. 부 무스 선생님과 곽 하르판 교장선생님의 부담은 린탕의 부담만큼이나 무척 버거웠다.

이윽고, 한 여자가 청중들에게 조용히 해달라고 말했다. 그래야 문제 출제를 시작할 수 있다고 했다. 드디어 진리의 순간이 도래했다. 참가자들은 넋을 잃었다. 포화처럼 쏟아지는 문제를 듣고 버튼을 공격할 준비를 갖추어야 했다. 숨 막히는 순간이었다.

첫 번째 문제가 방 안에 울려 퍼졌다.

"이 사람은 프랑스 여성으로, 신화와 현실 사이에서……."

삑! 삑! 삑!

문제를 다 읽지도 않았는데 누군가 버튼을 눌러댔다. 참석자들은 모두 화들짝 놀랐다. 사하라와 나는 제정신이 아니었다. 손 하나가 번개 같은 속도로 우리 앞에 있는 버튼을 난폭하게 공격했기 때문이었다. 그건 바로 린탕의 손이었다!

"F팀!"

문제를 낸 여자가 외쳤다.

"잔 다르크, 프랑스!"

린탕이 큰 소리로 말했다. 눈 하나 깜빡하지 않고. 조금의 주저도 없이. 콧소리가 엄청나게 들어간 프랑스 억양으로.

"100점!"

심사위원석에 앉은 남자가 소리쳤다. 무하마디아 응원단은 우레와 같은 박수갈채를 보냈다. 여자가 계속 문제를 냈다.

"두 번째 문제입니다. $y=2x$와 $y=x$로 둘러싸인 도형의 넓이를 구하세요. 단 x는 0에서 5 사이의 수입니다."

지체 없이, 린탕은 버튼을 눌렀고

"$\int_0^5 (2x-x)dx = 12.5$"

라고 외쳤다

믿을 수가 없었다! 의심의 여지가 없었다. 끼적거려 보지도 않았다. 눈 하나 깜빡이지도 않았다.

"100점!"

남자가 다시 한 번 외쳤다.

이 남자는 퀴즈대회의 전설적인 인물이었다. 수년 동안 정답지를 들고 정답에는 *100점*을, 오답에는 *마이너스 100점*을 외치는 특별임무를 부여받았다. 100점을 외칠 때, 입과 입술 모양이 아주 드라마틱했다. 마치 금붕어 같았다. 이 사람이 100점을 외치는 모습을 지켜보기 위해 많은 사람들이 퀴즈대회를 보러 오기도 했다.

우리 응원단은 환호하며 손뼉을 쳤다.

"세 번째 문제입니다. $6+x-x^2$의 함수에서 0에서 3까지의 적분 범위의 영역을 계산하세요."

린탕은 잠시 눈을 감았다. 교실에서 부 무스 선생님의 질문을 받았을 때 그랬던 것처럼. 7초도 되지 않아, 린탕이 큰 소리로 말했다.

"$\int_0^3 (6+x-x^2)dx = 13.5$"

"100점!"

정확했다. 서두르거나 주저함도 없었다.

참석자들은 린탕을 보고 대경실색했다. 다른 참가자들은 몸이 굳었다. 마치 부 무스 선생님이 걸어놓은 주문에 걸리기라도 한 것 같았다. 선생님 얼굴의 걱정스러운 표정은 말끔히 사라지고 없었다. 선생님은 입술을 움직였다.

"신이시여 감사합니다, 알라는 가장 신성하며……."

린탕의 어머니와 아버지는 자기 아들이 능숙하게 대답하는 모습을 지켜보며 뿌듯해했다.

여자가 문제를 계속 냈다.

수학과 자연과학 문제는 린탕이 싹쓸이했다. 이 분야 이외의 다른 문제들은 다른 참가자들, 특히 PN 팀이 맞혔다. 1라운드가 끝났다. 우리가 확실하게 앞섰다.

2라운드에서, 경쟁자들이 우리가 1라운드에서 땄던 점수까지 따라오기 시작했다. 설상가상, 사하라와 나는 문제 몇 개에서 오답을 말하는 바람에 점수를 까먹었다. 2라운드가 끝나고 상황은 위태로워졌다.

공립학교 참가자들은 3라운드에서 뒤처졌다. 그들에게는 정말 비참한 상황이었다. 린탕만큼이나 똑똑한 PN 경쟁자들이 우리 점수를 따라잡았다. 몇 번 우리를 앞지르기도 했다.

PN 팀이 답을 맞힐 때마다, 수백 명의 PN 응원단이 큰 소리로 환호했다. 우리 팀이 답을 맞힐 때마다, 우리 응원단도 똑같이 했다. 하지만 이상한 일이 벌어졌다. 어쩌면 자기 팀이 이길 가능성이 없었기 때문이었을지도 모르겠다. 공립학교 응원단이 우리 편이 되어주었던 것이다. 전체 응원단은 1,000명 정도였는데, 이제 거의 반반으로 나뉘었다. 응원단은 모두 자기가 응원하는 팀이 정답을 맞히면 기뻐 날뛰었다. 가장 기뻐한 사람은 하룬이었다. 하룬은 정말로 축제를 즐겼다. 하룬은 쉼 없이 박수치며 용기를 북돋아주려 소리쳤다. 하지만 하룬은 우리를 바라보고 있지 않았다. 창문 밖을 보고 있었다. 운동장에서 *카스티(kasti)*[7]를 즐기는 한 무리의 소녀들을 응원하는 듯했다.

마침내 마지막 라운드가 되었다. PN 팀과 우리 팀이 일 이등을 다투었다. 찰싹이는 물결처럼, 두 팀의 차이는 100점밖에 나지 않았다. 퀴즈대회는 이제 중대 국면에 이르렀다. 정답이 승자를 결정지을 것이고, 오답이 치명적인 결과를 낳을 것이다.

상황은 더욱더 긴박해졌다. 점수는 엎치락뒤치락 비슷했다. 이제 다섯 문제만 남겨두고 있었는데, 점수는 1,700점 대 1,700점으로 동점이었다. 여자가 문제를 냈다.

"플링 차드 타이는……."

확신에 차서, 나는 버튼을 누르며 소리쳤다.

---

[7] 인도네시아 공놀이.

"중국 국가!"

아뿔싸! 틀렸다.

"마이너스 100점!"

모두가 나를 원망했다. 이런 바보같으니라고! 문제에도 분명하게 나와 있지 않은가! 정답은 태국. 하지만 아 링 때문에 세 단어로 된 이름은 내게 자동적으로 중국을 연상시켰다.

내 어리석음으로 인해 우리 팀은 심각한 위기에 빠졌다. 설상가상, PN 팀은 유전학 분야에서의 과학적 발견에 대한 문제를 맞혔다. 그 문제는 텔레비전과 최근의 과학 잡지에 나온 내용으로, 우리는 금시초문이었다.

그래서 우리는 문제 두 개에서 200점을 잃었다. 경기 내내 이렇게 큰 차이로 점수가 벌어진 적은 없었다. 공립학교 참가자들은 자신들이 처한 불행 속에서 불편하게 앉아 당혹스러운 표정으로 그저 멍하니 바라볼 뿐이었다. 우리 응원단은 노심초사 불안해했다.

우리 눈앞에서 패배가 어른거렸다. 정말 처절했다. 린탕의 위대함은 사하라와 나의 무능력에 가려졌다. 특히 나. 사하라와 나는 우리가 맡은 분야에서 부 무스 선생님의 기대에 부응하지 못했다. 나는 죄책감을 느꼈다. 사하라는 나한테 무척 화를 냈다. 사하라는 내 귀에 대고 성난 목소리로 쌀쌀맞게 속삭였다.

30장 • 린탕의 두 번째 약속

"*보이, 잘 들어! 지리 문제가 나오면 참견하지 마! 입 다물고 가만히 있어!*"

사하라는 입바른 소리를 잘 하는 아이였다.

"잘 알지도 못하는 이에게 일을 맡기면 이런 일이 생기는 거라고! 멸망하리니!"

놀랍다! 우리가 질지도 모르는 이 중차대한 순간에도, 사하라는 하디스를 인용하고, 여전히 따질 수도 있었다. 대단한 사하라의 장기였다. 사하라가 말하고자 했던 점은 자기가 지리 전문가라는 것이었으며, 국가의 거주자, 농산물, 국가와 관련된 질문은 자신이 대답해야 한다는 것이었다. 사하라의 장담은 헛되지 않았다. 내 갈비뼈를 팔꿈치로 밀치는 중에, 사하라는 다음 문제를 정확히 맞혔으니까.

"브루나이의 국가는?"

삑!

"F팀!"

"알라 펠리하랄라 술탄!"

"100점!"

그래도 우리는 아직 아슬아슬한 상황이었고, 100점이 뒤져 있었다.

마지막에서 두 번째 문제는 어니스트 러더퍼드[8]라는 사람에 관한 문제였다.

"이 뉴질랜드에서 태어난 남자는 어떤 과학에 이바지했나요?"

"그는 핵을 더 작은 입자로 분리해내는 데 선구자였습니다."

린탕이 차분하게 대답했다.

"100점!"

우리 응원단의 열기가 다시 살아났다. 이제 동점이 되었다. 1,800점 대 1,800점. 긴장감은 최고조에 이르렀다. 손에 땀을 쥐게 했다. 이제 딱 한 문제 남았다. 모두 자리에서 일어나 앞으로 밀치고 나왔다. 부 무스 선생님과 팍 하르판 교장선생님은 기도하는 것 같았다. 문제를 내는 사람조차 바짝 긴장하고 있었다.

"잘 들으세요. 이제 마지막 문제입니다."

여자가 떨리는 목소리로 말했다.

"과학적 발명에 관한 문제입니다. 16세기 색 개념에 관련된 것으로, 광학 분야에서 대단한 연구가 시작되었습니다. 당시, 많은 과학자들은 빛과 어둠이 섞이어 색이 만들어진다고 믿고 있었습니다. 하지만 그 의견은 잘못된 것으로 판명되었습니다. 이 오류

---

8 원자를 쪼개는 데 성공한 과학자다. 그는 방사선물질의 붕괴와 변환, 라듐으로부터 나오는 입자들, 원자구조에 관한 이론, 인위적 원소 붕괴 등에 관한 연구로 흔히 '핵물리학의 아버지'라고 불린다. 그는 또한 핵이 붕괴할 때 나오는 알파 입자가 헬륨(He^4) 원자라는 사실을 입증했다.

는 증명되었습니다. 빛을 오목렌즈에 반사함으로써……."

삑! 삑! 삑! 린탕이 소리 질렀다.

"뉴턴의 고리!"

문제를 낸 여자가 활짝 웃으며 조용히 우리 곁으로 다가왔다. 100점을 외쳤던 그 사내 또한 행복하게 미소 지었다. 그 사내의 금붕어 입이 울부짖었다.

"100저~엄!"

우리 응원단은 고래고래 고함치며 기뻐 날뛰었다. 우리가 이겼다! 나는 믿을 수가 없었다. 우리 무하마디아 마을학교가 이겼다! 나는 린탕을 와락 감싸 안았다. 린탕은 양손을 높이 치켜들었다. 우리는 깡총깡총 미쳐 날뛰었다. 하지만 그리 오래가지 못했다. 우리가 행복한 승리를 축하하는 동안, 누군가 뒤쪽 의자에서 소리쳤다.

"심사위원! 심사위원! 심사위원장! 문제와 답이 틀렸어요!"

모두 환호성을 그치고 숨죽여 뒤돌아보았다. 뒤에서 소리쳤던 사람이 자리에서 벌떡 일어나 화난 듯 앞으로 성큼성큼 걸어 나왔다. 아, 그 사람은 PN 학교의 모범교사, 물리 교사였다. 아, 이런! 문제가 생긴 것이다. 사하라와 나는 흥분했다. 하지만 린탕은 침착했다. 그 교사가 앞으로 나와 건방지게 두 손을 허리에 짚고, 진짜 학자라도 되는 양 말했다.

"오목렌즈를 통한 실험은 빛과 어둠을 포함한 이전의 색 이론에 대한 비판과 아무런 상관이 없습니다. 색의 창조에 관련한 이론은 광학적인 문제가 아닙니다. 심사위원이 데카르트에 동의하지 않으려는 것이 아닌 이상 그렇습니다. 광학과 색 스펙트럼은 두 개의 완전히 다른 문제입니다. 이 애매한 상황에서, 우리는 세 가지 가능성에 직면합니다. 틀린 질문, 틀린 대답, 또는 근거 없는 질문과 대답, 문맥에 맞지 않습니다!"

이런 세상에! 도저히 무슨 말인지 나는 알아들을 수가 없었다. 완전 딴 세상에서 지껄이는 말이었다. 마치 세 명의 교수 앞에서 스승의 주장을 옹호하려는 논쟁 같았다. 하지만 물리 교사의 말은 정말 맞는 걸까? 비판적이지만 완벽하지는 않은 게 아닐까? 물리 교사는 데카르트의 의견을 인용함으로써 심사위원들을 뒤흔들 만큼 똑똑한 걸까? 누가 감히 전설적인 과학 전문가의 의견에 이의를 제기할 만큼 대담할 수 있을까?

린탕이 반박할 수 있을 거다. 만약 안 그러면, 우리는 여기서 끝이다. 나는 안달하며 생각에 잠겼다. 하지만 어떻게 해야 할지 몰랐다.

곽 하르판 교장선생님은 당황했다. 부 무스 선생님은 당혹스러워했다. 얼굴이 하얗게 질렸다. 마치 잡으려던 황금 비둘기가 빠져나가기라도 한 것처럼. 천재 물리 교사가 아니었다면, 우리는 이미 승리를 거머쥐었을 것이다. 부 무스 선생님이 우리를 두둔해주고 싶어 하는 것은 분명했다. 하지만 선생님의 물리학 지식이 한참 뒤처진다는 것 또한 불 보듯 훤했다.

나는 사하라를 바라보았다. 사하라는 마치 나와 린탕을 평생 한 번도 만난 적이 없기라도 한 것처럼 후다닥 자기 얼굴을 가렸다. 관중과 심사위원들은 유식해 보이는 이의제기에 어리둥절했다. 뭐라고 대답할지 몰랐다. 대부분의 사람들이 이 물리 교사가 하는 말을 제대로 이해하지도 못했으니까. 하지만 누군가는 우리를 이 상황에서 구해주어야만 했다. 심사위원장이 일어섰다. 린탕은 여전히 조용히 앉아 얼굴에 엷은 미소를 머금고 있었다. 아주 편안해보였다.

"논리 정연한 이의에 감사드립니다. 사실, 내 전공은 빤짜실라 도덕교육이고……."

물리 교사가 투덜거렸다. 자기가 주도권을 쥐고 있다는 것을 눈치 챘다. 눈빛은 마치 자기가 아이작 뉴턴의 『프린키피아』를 읽었다고 선언하는 듯 의기양양했다. 또한 자기가 국제 물리학 저널을 구독하고 있다고, 그리고 자신은 실험 경험이 풍부한 사람이라는 것을 드러내는 듯했다. 물리 교사는 이 세상을 주무르는 거만한 신출내기 졸업생이었다. 젠체하며 낯선 과학적 용어와 전문용어를 마구 섞어 말했다. 자신이 똑똑하다는 이미지를 주려 했으니까. 하지만 막 APC 알약을 삼킨 것이라고, 나는 장담했다. 외딴 지역의 말레이인들이 모든 병을 치료하기 위해 먹는 쓴 알약 말이다.

물리 교사는 이미 승리했다고 확신했기에 우리를 더욱 깔아뭉개고 싶어서 거만을 떨더니 뻔뻔스럽게도 이런 무례를 저지르고 말았다.

"어쩌면 이 무하마디아 학생들, 아니면 심사위원이 친절하게도 색의 현상에 대한 데카르트의 이론을 설명해줄 수도 있겠군요."

해도 너무했다! 완전 주제넘은 짓이었다. 물리 교사가 우리의 지식을 깔보고 심사위원의 권위를 깔아뭉개려 했다. 누구도 데카르트에 대해 쥐뿔도 아는 게 없다고 확신했다. 만약 그렇다면, 문제가 무효이거나 우리의 대답이 틀렸다는 것이 증명된다. 우리의 대답이 틀렸다면, 우리는 100점 깎이고 PN 학교가 승리할 것이다. 정말 가슴 아팠던 건 물리 교사가 우리 학교에 대해 말하는 시건방진 태도였다. 우리가 그저 보잘것없는 마을학교에 지나지 않는다는 것을 만천하에 드러내기 위해 일부러 그 말을 힘주어 했다.

나는 광학이론은 몰랐지만, 색의 발견에 대한 역사는 어느 정도 알고 있었다. 나는 그 이야기를 한 번 읽은 적이 있다. 그리고 나는 데카르트가 프리즘(분광기)과 종이로 색을 실험했다는 것도 알고 있었다. 광학의 위대한 스승은 뉴턴이었다. 물리 교사는 분명 명백한 바보였다. 그리고 물리 교사는 자신이 알고 있는 색 이론을 마구 떠벌려 마치 그 분야의 일인자라는 인상을 주어 우리 모두를 속이려 했다. 나는 화가 나 물리 교사에게 따지고 싶었지만 내 지식은 한정되어 있었다.

물리 교사의 행동은 인도네시아에서 전형적인 문제였다. 반지르르한 용어와 높은 수준의 이론을 언급하는 영악한 사람들은 과학적 진보를 위해 그리하는 것이 아니다. 침묵하며, 논쟁의 단어를 찾을 능력조차 없는 가난한 사람들을 속이기 위한 것이었다. 물리 교사가 보여주는 행태처럼, 억압과 독단적인 지성이 도처에서 벌어지고 있다. 이들은 지식 조작자에 불과하다. 가짜 과학자들. 배우지 못한 공동체에서 자기과시를 위해, 자신의 주머니를 채우기 위해 거만하게 군림한다.

나는 린탕을 바라보았다. 정말 린탕의 도움이 절실히 필요했다. 하지만 만약 내 생각이 틀렸다면? 물리 교사가 내게 다시 반박을 하면? 아, 위험부담이 너무 컸다. 나는 더 큰 망신을 당할 수도 있었다. 단편적인 지식만이 있는 나 같은 사람이 겪는 전형적인 문제였다. 그래서 싸우고 싶은 욕망과 우유부단함 속에서 갈

등하고 있었다. 우리 학교가 망신을 당했기에 나는 화가 났다. 물리 교사가 자기 자신의 이익을 위해 데카르트의 이름을 이용하고 있다는 걸 알고 있기에 나는 화가 났다.

내 화난 모습을 보고 린탕이 살짝 웃어 보였다. 평온한 미소였다. 평상시처럼 린탕이 내 마음을 읽었다는 것을 알았다. 린탕은 부드러운 눈빛으로 내게 화답했다. 그 눈빛은 이렇게 말하고 있었다.

참아, 동생. 형이 이 문제를 해결할 테니까.

린탕은 여전히 아주 침착했다. 사하라와 나는 움츠러들었다. 우리는 불사신과 같은, 모든 것을 알고 있는 지적 스승의 보호막 속으로 숨어들었다.

심사위원장은 물리 교사의 적대적인 이의제기를 접하고는 깊은 한숨을 쉬었다. 그러고는 동료 심사위원들을 돌아보았다. 모두 고개를 절레절레 저었다. 물리 교사와 접전을 벌일 수 없다는 표시였다.

"미안하오, 젊은 선생. 우리 심사위원을 대표해서, 나는 그 분야에 대한 우리 지식이 부족하다는 것을 말해야겠소."

심사위원장의 말은 궁색했다. 가엾은 늙은이. 그분은 마음 따뜻한 원로교사였다. 벨리퉁에서 수십 년 동안 교육에 헌신해온 매우 존경받는 분이었다. 그분은 당혹스럽고 체념한 듯 보였다.

30장 • 린탕의 두 번째 약속

심사위원장은 시선을 우리에게 돌렸다. 린탕은 씩 웃으며 고개를 살짝 끄덕여 보였다. 불쑥, 심사위원장이 말했다.

"아마 이 무하마디아 학생이 도움을 줄 수 있을지도 모르겠군요."

방 안은 쥐 죽은 듯 조용했고, 어색함이 감돌았다. 물리 교사가 기분 나쁜 한 마디를 더 보태는 바람에 분위기는 더욱더 거북해졌다.

"학생의 주장이 기존의 정답처럼 정확했으면 좋겠군요!"

해도 해도 너무했다! 고의로 린탕을 자극했다. 그리고 이번에 린탕은 걸려들었다. 린탕은 자리에서 벌떡 일어서며 말했다.

"선생님, 선생님의 이의제기가 정답이 질문과 맞지 않아서라면 정당한 이의제기라 할 수 있습니다. 하지만 심사위원이 질문을 했고, 그 대답은 이미 종이에 적혀 있었습니다. 그 대답은 질문을 했던 여자 분이 읽었어요. 거기엔 뉴턴의 고리라고 분명 적혀 있을 겁니다. 그리고 우리의 대답은 뉴턴의 고리였습니다. 우리가 100점을 얻을 권리가 있다는 뜻입니다. 문맥에 맞지 않았다 할지라도, 글쎄요, 그것은 심사위원이 올바른 질문을 잘못된 방식으로 물었다는 것을 의미할 뿐입니다."

물리 교사는 린탕의 이 주장을 받아들일 의사가 전혀 없었다.

"그러니까, 질문이 오류가 있었다는 거야. 왜냐하면 다른 참가자들은 다른 정답을 예상했기 때문이지!"

린탕이 반박했다.

"선생님 말고는 잘못된 건 아무것도 없습니다. 뉴턴의 고리 이론의 본질을 무시하고, 사소한 문제 때문에 우리의 점수를 깎아내리려고 한 것 말입니다."

물리 교사는 기분이 상했다. 화가 났다. 분위기가 더욱 긴박하게 돌아갔다. 물리 교사는 앞으로 몇 걸음 나왔다.

"글쎄, 만약 네가 그 이론의 본질에 대해 설명해준다면 그럴지도 모르지! 너희는 운 좋게 점수를 땄어. 제대로 알지도 못하면서 말이야!"

아 이런, 정말 야비했다. 사하라는 안타까운 듯 허공으로 시선을 돌렸다가 얼굴을 찡그렸다. 사하라는 표범이 되어 돌아왔다. 그 애의 눈썹이 일자가 되었다. 청중과 심사위원은 경악했다. 입이 떡 벌어진 채, 수준 높은 과학적 논쟁이 자기들 앞에서 열기를 더해가는 걸 바라보며 놀라움에 귀를 기울였다. 이들은 아무런 도움이 될 수 없었다. 이들에게는 너무나 애매한 문제였기 때문이었다.

고리(반지)라는 단어를 듣고 또 들으며, 린탕은 무표정하게 먼

곳을 응시했다. 이윽고 구석에서 어쩔 줄 몰라 하는 자기 엄마를 바라보았다. 린탕의 얼굴은 결의에 가득 찼다. 숨을 들이켰다 내쉬었다. 아주 무거운 짐을 이고 있는 것처럼 보였다. 나는 곧 린탕의 반응을 이해했다. 뉴턴의 고리 문제는 분명 자기 엄마의 결혼반지를 팔 수밖에 없었을 때, 그래서 계속 학교에 다닐 수 있게 되었을 때의 가슴 아픈 사건을 상기시켜준 게 틀림없었다. 린탕은 눈에 띄게 격앙되었다. 물리 교사와의 논쟁은 이제 린탕에게 아주 개인적인 것이 되어버렸다. 그리고 이것은 이 천재가 사납게 변한 이유였다.

"본질은 뉴턴이 데카르트, 아리스토텔레스, 그리고 심지어 이들보다 현대의 인물인 로버트 훅의 색 이론에서의 오류를 지적하는 데 확실히 성공했다는 것입니다! 이 세 사람은 색이 별개의 스펙트럼을 갖고 있다고 생각했습니다. 뉴턴은 오목 광학렌즈를 통해 이를 증명했습니다. 이것은 나중에 고리 원리를 낳았지요. 색은 연속적인 스펙트럼을 따라 놓여 있으며, 그 스펙트럼은 렌즈의 특성에 의해 산출되는 것이 아니라, 빛의 근본적인 특성에 의해 만들어진다는 것을 말입니다!"

물리 교사는 어안이 벙벙했다. 청중은 광학물리학 이론에 넋을 잃었다. 고개를 끄덕이지도 못했다. 나는 기뻤다. 내 예감이 적중했다! 나는 자리에서 벌떡 일어나 내 앞의 마호가니 탁자 위에 서서 소리치고 싶었다.

너희들 그거 알아? 이게 바로 린탕 사무드라 바사라야. 사흐바니 마울라나 바사라의 아들. 똑똑한 내 짝꿍이라고! 그러니 알아서 기어, 이것들아!

린탕은 아직 만족스럽지 않았나 보다.

"설마 선생님께서 500년 전에 증명된 과학적 원고에 의문을 제기하고 싶은 건 아니겠지요? 뉴턴은 프리즘으로 태양광선을 분해하여 다양한 광선이 혼합되어 있음을 입증했습니다. 과학적으로 태양광 내부의 색채 구성에 대하여 명쾌히 입증한 것이지요. 이 모든 것은 오직 광학을 통해서 관찰할 수 있습니다. 어떻게 말씀하시겠어요, 선생님, 이런 문제들이 관련이 없다고요?"

물리 교사는 무너져 내렸다. 얼굴이 창백했다. 마치 온몸의 뼈가 무너져 내리기라도 한 것처럼 넓적한 엉덩이를 의자에 파묻었다. 제대로 말도 못했다. 안경이 콧등으로 힘없이 미끄러져 내렸다. 제대로 알지도 못하는 문제에 무모하게 반론을 제기해 스스로의 어리석음을 린탕처럼 똑똑한 사람의 눈에 띄게 만들었다는 것을 깨달았다. 그래서 백기를 들었다. 린탕은 물리 교사를 녹아웃 시켜버렸다. 린탕은 물리 교사에게 물 없이 APC 알약을 삼키게 만들었다. 약효가 좋은 그 알약은 이제 그의 목으로 넘어갔다.

우리 응원단은 춤추는 원숭이처럼 이리저리 날뛰었다. 린탕의 주장은 자동적으로 올해의 퀴즈대회에서 우리 학교의 승자로서의 위치를 확보했기 때문이었다. 우리가 수십 년 동안 한 번도 이루어보지 못했던 위대한 업적이었다. 우리가 달성하리라고는 그 누구도 예상하지 못한 위대한 위업.

부 무스 선생님은 플로의 손에서 무하마디아 깃발을 낚아채고는 힘차게 흔들어댔다. 선생님의 눈은 촉촉했다. 입술이 부들부들 떨렸고, *'신이시여 감사합니다.'* 를 연발하고 있었다.

나는 린탕을 와락 껴안았다. 린탕에게 축하의 말을 건넸다. 우리가 이길 수 있게 해주어서 고맙다고, 퀴즈대회에서 승리해 결혼반지를 내준 어머니에게 꼭 보답하겠다고 했던 그 약속을 지켜주어 고맙다고…….

린탕이 승리의 트로피를 높이 치켜들었을 때, 우리 최초의 영웅 하룬은 소를 집으로 불러들이는 목동처럼 삑삑 휘파람을 불었다. 하룬은 린탕이 자랑스러웠다. 하지만 하룬은 트라파니에게 축하를 보냈다. 린탕이 아무리 대단해도 하룬에게는 여전히 트라파니만이 영원한 우상이었으니까. 트라파니는 하룬이 되고자 하는 사람이었다. 그러는 동안, PN 학교 교장선생님은 더운 듯 부채질하며 커다란 의자에 잠자코 앉아 있었다. 불편한 듯했다. 그 순간 교장선생님의 표정은 아무 생각이 없는 듯했다.

하늘처럼 넓은 마음을 가진 교장선생님

다음 날, 우리는 유리 장식장 앞에 나란히 모여 섰다. 이제 린탕이 트로피를 장식장 안에 넣는 영광을 누릴 차례였다. 퀴즈대회 트로피는 마하르가 성취한 축제 트로피 옆에 놓였다.

이 트로피 두 개는 신이 우리에게 이 두 명의 재능 있는 친구들을 보낸 이유였다. 마하르는 맞서 싸울 용기를 주었고 린탕은 꿈을 꿀 용기를 주었다.

트로피는 진짜 근사했다. 트로피는 매혹적인 한 쌍의 연인 같았다. 둘은 하나가 되어, 떼려야 뗄 수 없게 서 있었다. 마치 자신들이 어떤 어려움에라도 맞서 싸울 준비가 되어 있는, 그리고 스스로를 불쌍히 여기지 않는 용감한 전사들의 재산이라고 말하고 있는 것 같았다. 설령 운명이란 놈이 언제나 잔인하다 할지라도 말이다.

예전에, 사람들은 우리의 사기, 시스템, 심지어 학교 건물이 몇 주 내로 무너져 내릴 것이라고 믿었다. 누구도 우리가 이 엄청난 상을 탈 것이라고는 예상하지 못했다. 하지만 보라! 우리에게는 영광스러운 트로피 두 개가 있지 않은가. 우리가 유리 장식장 앞에서 얼마나 자랑스럽게 서 있는지 보라! 지금처럼 강하고 용기백배한 적은 없었다. 부 무스 선생님과 곽 하르판 교장선생님의 교육에 대한 인내와 고집은 이렇게 멋진 결과를 보여주기 시작했다. 두 분은 트로피를 바라보며 애써 눈물을 감추었다. 두 분은 이 순간부터 어느 누구도 우리 학교를 무시하지 못하리라는 걸 잘 알고 있었기 때문이다.

건강이 악화되고 있기는 했지만, 곽 하르판 교장선생님은 우리가 퀴즈대회에서 승리를 거머쥔 이후에 더 열정적으로 우리를 가르쳤다. 선생님은 힘든 줄도 모르고 우리에게 최종시험 준비를 시켰다.

교장선생님은 몇 시간씩 우리를 지도해주었다. 마치 무언가를 쫓고 있기라도 한 것 같았다. 공부는 꽤 힘들었지만, 우리는 무척 행복했다. 교장선생님의 수업방식은 뭔가를 암기한다는 게 맛있는 과자를 먹는 것처럼 느끼게 했다. 복잡한 문제는 도전이 되었고, 어려운 수학문제도 오락거리가 되었다.

주말, 교장선생님은 자전거를 타고 텃밭에서 키운 파인애플, 바나나, 양강근,[9] 고구마 따위의 수확물을 바구니에 싣고서 100킬로미터 떨어진 탄중판단에 갔다. 교장선생님은 우리에게 교과서를 사주기 위해 그것들을 내다팔았다. 집으로 돌아오는 길에는 시립도서관에 들렀다. 거기서, 지난 몇 년간의 기출문제집을 빌려 왔다.

그러던 중에 교장선생님의 천식은 더욱 심해졌다. 피를 토하기도 했다. 우리는 교장선생님에게 이제 좀 쉬시라는 말을 입에 달고 다녔다.

"너희들을 가르치지 않으면 난 더 아프단다."

교장선생님은 한결같이 이렇게 말했다.

"죽는다 하더라도 난 이 학교에서 죽는다."

교장선생님은 미소를 머금은 채 농담까지 했다.

교장선생님은 그렇게 우리를 열심히 가르쳐주었다. 밤늦게까지 우리 숙제를 봐주었다. 답지에 상세한 설명까지 달아주었다. 각자의 부족한 점을 극복하기 위해서는 어떻게 해야 하는지도

---

9 생강의 일종으로 뿌리 부분을 향신료로 사용한다. 중국산과 자바산이 있다.

알려주었다.

 몇 달 동안 매일 저녁 코란을 공부하고 나서, 우리는 학교로 다시 달려가 교장선생님으로부터 과외지도를 받았다.

 그러던 어느 날 저녁, 교실에서 기다리고 있는데 교장선생님이 오지 않았다. 우리는 학교 정원 옆, 교장선생님의 사무실로 찾아갔다. 문을 두드렸지만 아무런 대답이 없었다. 문을 열고 보니, 교장선생님이 얼굴을 책상 위에 묻고 엎드려 있었다. 교장선생님을 불러보았지만 대답이 없었다. 조금 더 가까이 가보니 마치 깊은 잠에 빠진 듯했다. 나는 가까이서 교장선생님을 다시 한 번 불렀다. 침묵. 교장선생님의 손을 만져보니 얼음처럼 차가웠다. 숨을 쉬지 않았다. 교장선생님은 그렇게 돌아가셨다.

 교장선생님은 십 대부터 학생을 가르쳐왔고, 50년 넘게 교직에 몸담았다. 교장선생님이 숲에서 나무를 가져다 무하마디아 학교를 직접 지었다. 맨 먼저 가장 무거운 나무를 어깨에 짊어졌는데, 그게 바로 우리 교실의 기둥이다. 우리는 몇 년 동안 그 기둥에 키를 재곤 해서 거기에는 주머니칼 자국이 가득했다. 우리에게 그 기둥은 신성한 것이었다.

 오래전에 교장선생님에게는 함께하는 교사와 학생이 많았다.

하지만 서서히, 공동체는 학교에 대한 믿음을 잃고, 교사들은 직업에 대한 자부심을 잃었다. PN의 교육차별은 학교에 대한 사람들의 열정을 시들게 했다. 그 차별로 인해 벨리퉁 토착 원주민들은, PN 스태프의 아이들만 학교에서 성공하고 대학에 갈 기회를 얻을 수 있다고, 장래가 촉망되는 선생은 오직 PN 학교 선생이라고 믿게 되었다. 덕분에 마을 아이들은 하나씩 하나씩 학교를 그만두고, 마을학교 교사들도 하나둘씩 그만두었다. 교사들은 PN의 근로자나 어부가 되었다.

"뭐하러 학교에 다녀요? 어쨌든 계속 공부할 수는 없다고요."

마을 아이들이 비난하듯 물었다.

학교에 다니지 않는 꼬맹이들의 '성공'과 더불어 상황은 더욱 비참해졌다. 아이들은 주석 광부, 가게 점원, 배 수리공, 코코넛 가는 일꾼, 어선 심부름꾼으로 일하며 돈을 벌었다.

그 아이들에게 학교는 상대적인 것이었다. 정글에 들어가 침향과 백단목을 찾을 정도로 용감한 아이들처럼, 좋은 보수의 일자리를 얻은 아이들에게 특히 더 그랬다. 그 아이들은 오토바이를 살 여유도 있었다. 반면 교장선생님이 고물 자전거의 타이어를 바꾸려면 절약해 돈을 모아야만 했다. 교육은 곧 학교 공부에 대한 희망을 잃고, 차별에 직면해 먹고사는 문제를 해결해야 하는 악순환의 고리에 빠진 아이들에게 무의미한 수고가 되었다.

교장선생님은 이런 아이들에게 지식은 스스로에 대한 존중이며, 교육은 신에 대한 신앙생활이며, 학교는 학위를 받고 부자가 되는 것 따위의 목표에 묶여 있는 게 아니라는 걸 확신시키려 끊임없이 노력했다. 학교는 고귀하고 신망 있고, 인간(성)에 대한 찬양이었다. 학교는 배움의 즐거움이자 문명의 빛이었다. 이것이 교장선생님의 교육에 대한 영광스러운 정의였다. 하지만 차별에 길들고, 물질의 유혹에 눈이 먼 어린아이들에게 이런 계몽은 통하지 않았다.

교장선생님은 그래도 아이들이 학교에 나오도록 설득하는 일을 포기하지 않았다. 심지어 바다 한가운데에서 일하고 있는 아이들에게 책을 가져다주기도 했다. 강의 범람원에서 배를 수리하고 있는 아이들을 찾았다. 후추나무 밑에서 아이들을 기다렸다. 하지만 어느 누구도 교장선생님의 초대를 받아들이지 않았다. 때로 그 아이들의 대장, 심지어 아이들 스스로 교장선생님을 멀리 쫓아버리기도 했다.

조용한 저녁, 하늘처럼 넓은 마음을 지닌 가난한 분이 돌아가셨다. 버려지고 메마른 들판에 우뚝 선 지식의 샘물이 영원히 사라졌다. 그분은 자신의 싸움터에서 숨을 거두었다. 마지막 숨을 거둘 때까지 살리기 위해 싸웠던 그 학교에서……. 언제나 교장선생님이 원했던 것처럼 고귀한 죽음이었다.

교장선생님에게 경의를 표하는 예포도 없었다. 조화도 없었다. 정부로부터의 상장이나 교육 당국의 연설도 없었다. 누군가의 찬송의 순간도 없었다. 하지만 교장선생님은 열한 명의 학생들의 가슴에 순수한 샘물을 남겨주었다. 결코 마르지 않을 지식의 샘물을.

우리는 교실에서 흐느꼈다. 가슴 찢어질 듯 가장 비통하게 흐느낀 아이는 하룬이었다. 교장선생님은 하룬에게 아버지 같은 분이었다. 하룬은 울고 또 울었다. 그 무엇도 하룬의 마음을 토닥여줄 수 없었다. 하룬의 묵직한 눈물은 흐르고 흘러 옷자락을 적셨다.

유령 팬클럽의 비서가 되다!

그들은 스스로를 *림파이 유령클럽*이라 불렀다.

림파이는 벨리퉁 신화에 나오는 무시무시하고 초자연적인 전설의 동물이다. 흥미로운 것은 많은 민담이 이 신비한 존재와 관련해 서로 상반되는 정의를 들려준다는 점이다. 바닷가 사람들은 림파이가 산에 사는 요정이라고 생각한다. 산에 살고 있는 사람들은 림파이를 매머드를 닮은 거대한 흰색 동물이라고 믿는다. 평지에 살고 있는 말레이인들은 바람이라고 알고 있다. 성이 나면, 나무와 벼를 쓰러뜨리는 그런 바람 말이다. 먼 외딴 오지 사람들은 시커멓고 커다란 유령이라고 여긴다. 어린아이들은 완전 딴판이다. 어린아이들에게 림파이는 도시의 전설로, 무엇으로든 변신 가능한 악마 혹은 죽음의 징조를 뜻한다.

그런데 이런 것들은 모두 착각이다. 왜냐하면 림파이 이야기는 사실 인간의 숲과 수자원 착취를 금하는, 대대로 전해져온 고대 벨리퉁의 가르침에 뿌리를 두고 있기 때문이다. 이 가르침은 설득력이 있었다. 그래서 사람들은 저주를 두려워했다. 림파이 유령이 숲과 물을 지키고 있으니까.

유식한 어른들은 림파이를 어리석고 믿음이 약한 수다쟁이들의 머리에서 나온 '떠도는 안개'에 불과하다고 생각한다. 림파이는 근거가 없다는 것이다.

*림파이 유령클럽*은 은밀하게 활동했다. 일종의 지하조직으로, 이들이 언제 어디에서 모이는지, 또는 무엇을 얘기하는지는 알려진 바가 없었다. 사람들한테 들킬 경우, 이들은 재빨리 대화 주제를 바꾸고, 심지어 서로 모르는 체하기도 한다. 이렇게 행동을 은폐했다. 이들이 위험하고 무정부주의적이라든가 공산주의적이고 혹은 법을 어기는 일을 하는 건 아니었다. 이들은 신비의 세계에 지나치게 빠져 있는 한 무리의 쓸모없는 인간들에 지나지 않았다.

클럽 회원은 아홉 명이었다. 클럽에 들어가려면 매우 엄격한 요구조건이 있다. 모임의 연장자는 쉰일곱 살의 은퇴한 항해사였다. 가장 나이 어린 회원은 십 대 초반의 아이 두 명이었다. 나머지 여섯 명은 은행원, 중국인 금도금 기술자, 실업자, 외로운

전자오르간 연주자, 전기 기술자를 때려치우고 자전거포를 하는 사람, 그리고 모기 방역사 아저씨였다.

*유령클럽*에서 가장 나이 어린 회원이 대장이라는 게 가장 이상했다. 그 아이는 조직의 창설자로, 어둠의 세계에 대한 해박한 지식, 소문과 어리석은 소식들에 대한 어마어마한 수집으로 회원들의 존경을 한 몸에 받았다. 그 아이는 다름 아닌 대단한 마하르였다. 앞에서 언급한 또 다른 십 대 아이는 물론 플로였다.

클럽 활동은 한마디로 요란뻑적지근했다. 으스스한 곳으로 탐사를 떠나고, 미스터리한 사건을 조사하고, 말레이 신화를 수집했다. 어쨌든 용감무쌍한 사람들인 것만은 분명했다. 비밀을 파헤치려는 열의가 불탔으니까. 엄격한 무신론의 영역에서 자신들이 직접 보고 느끼기 전에는 아무것도 믿으려 하지 않았다.

마하르와 플로는 영리하게도 림파이를 자신들의 모임과 결합시켰다. 그 존재가 은유적이며, 보는 사람에 따라 달랐기 때문이다. 클럽은 나름 과학적인 미친 사람들 그러니까 종교적인 이교도의 모임처럼 보일 수 있었다. 모임의 철학은 림파이의 의미에 대한 각기 다른 관점과 닮은꼴이었다.

그들은 은퇴한 전기 기술자의 감독 아래, 전기도구로 무장한 채 괴상한 목표를 실행에 옮겼다. 전자기장을 찾는 기계를 조립했던 것이다. 이 기계는 영적인 활동이 관측될 수 있는 범위라고 믿어지는 2에서 7 밀리가우스[10]의 범위에 이르는 관측 영역에서 파동을 읽을 수 있었다. 60헤르츠 이하의 매우 낮은 주파수를 찾아낼 수 있는 주파수 센서도 만들었다. 클럽 회원들의 기가 막히는 사고방식에 의할 것 같으면, 이것이 유령들끼리 대화를 나누는 주파수라는 것이었다. 또한 향료, 침향, 왕도마뱀 알로 만든 부적, 자그마한 야생 닭으로 무장했는데, 이것의 용도는 악마가 접근해오는 것을 가장 빨리 탐지하기 위한 거였다.

언젠가 한 번, 이들은 겐팅 아피 숲으로 갔다. 이곳은 벨리퉁에서 가장 험난한 숲인데, 수천 가지의 무시무시한 비밀을 간직한 곳이다. 가장 유명한 것은 *신비한 안개* 현상이다. 안개가 저 혼자 떠들고, 인간, 동물, 혹은 거인의 형상으로 자유자재로 변신한다. 이 형상을 평범한 사진 필름에 담아내는 건 드문 일이 아니었다. 이 지역을 운전해 지나치는 사람들은 절대 백미러를 보지 말라는 조언을 듣는다. 계곡의 유령들이 잠시 동안 뒷자리에 몰래 올라타니까. 이곳은 *유령클럽*이 조사활동을 펼치는 무시무시한 지

---

10 자기력선 속의 밀도를 나타내는 단위. 1밀리가우스는 1제곱밀리미터당 1맥스웰(maxwell)인 자기력선속의 밀도이다. 독일의 물리학자 가우스의 이름을 딴 것이다.

역이다.

간단히 요약하면, 이 지하조직은 아주 분주했다. 그리고 일정, 자금, 후원자가 필요했다. 그래서 비서가 필요했다.

마하르가 나한테 비서 자리를 제안했을 때, 나는 즉각 받아들였다. 아무 보수도 없었지만, 나는 유령과 친구인 사람들이 나를 비서로 임명한 걸 영광이라 생각했다. 또한 이 제안은 내가 돈을 관리할 만큼 정직하다는 것을 보여주는 것이라 나는 흡족했다. 적어도, 이것은 제대로 생각하지 않는 사람들의 제안이긴 했지만 내가 믿을 만한 사람이라는 뜻이었다. 자! 독자 여러분, 이 일을 직업이라고 할 수 있다면 내 가슴은 자부심으로 가득 찼을 것이다. 만약 그렇다면 이 비밀조직의 비서 일이 바로 내 첫 직업인 거였으니까.

내 일은 단순했다. 금전 출납부로 자금을 정리하는 거다. 회비를 기록하고, 돈을 관리하고, 회원들이 팔거나 전당포에 맡길 개인적인 물건을 기록하는 게 내 임무였다. 이 자금은 장비를 구입하고 탐사에 필요한 자금을 조달하기 위한 것이었다. 내 대장, 플로와 마하르의 지시에 의할 것 같으면, 비밀모임을 조정하고 비밀모임에 참석한 사람들에게 차를 따라주는 것도 내가 할 일이었다. 이런 점에 비추어보면, 웨이터라 부르는 게 적당하겠다.

32장 • 유령 팬클럽의 비서가 되다!

미스터리 여행에서 돌아오면, 플로와 마하르는 언제나 흥미진진한 이야깃거리들을 학교로 가져오곤 했다. 어느 날, 어두운 숲 한가운데에서 무덤 몇 개를 발견한 이야기를 들려주기도 했다. 무덤을 재어보니 가로세로가 3미터, 6미터였고, 묘비 사이의 거리는 적어도 5미터였단다. 말레이인은 묘비를 머리와 발끝에 각각 놓기에, 그건 묘비 아래 묻힌 시체가 엄청 큰 인간이라는 결론이 나온다.

플로는 무덤 근처에서 멀쩡한 접시와 도자기를 직접 발견한 것으로 이야기를 시작했다. 묘비 근처에서 잠을 잤다는 말을 아무렇지도 않게 했다. 그러면서 하나도 무섭지 않았다고. 플로는 마치 자기 집에 있는 페르시안 고양이에 대해 이야기하듯, 머리칼이 쭈뼛 서는 경험담을 신나게 들려주었다. 나는 그 애에게 오래된 도자기는 멀쩡한지 모르겠지만 그 애의 머리는 멀쩡하지 않다고 말하고 싶었다.

한편, 마하르의 이야기는 훨씬 더 흥미진진했다. 마하르는 벨리퉁의 거대한 고대 무덤들과 유명한 고고학자들의 이론 사이의 관계에 대한 이야기를 들려주었다. 이들 고고학자들은 과거 언젠가, 거인들이 지구를 떠돌아다녔다고 믿었다.

마하르는 매혹적이고 논리적인 추론을 이끌어냈다. 거기에는 시간분석도 들어 있었는데, 벨리퉁 무덤을 오마하(Omaha)에서 발견한 거대한 인간 두개골, 그리고 골란 고원의 고대 무덤지대에서 파낸 불완전한 골격과 연관 지었다. 뼈를 맞추어보니, 그 골격은 거의 6미터나 되는 사람의 모습이었단다.

마하르의 이야기는 언제나 그럴듯했다. 마하르는 현실과 상상 사이의 회색지대를 걸어 다니는 유별난 아이였을지도 모른다. 하지만 비상한 아이인 것만은 틀림없었다. 불가사의한 세계에 대한 폭넓은 지식은 물론이고 사고방식이 제대로 박혀 있었다.

플로와 마하르는 나지막한 필리시움 나뭇가지 위에 아무렇게나 앉았다. 마치 시크교 사원에서 온 이야기꾼 사제 같았다. 그러는 동안 우리 무지개 분대는 웅크리고 앉아 눈을 말똥말똥 뜬 채 놀라움을 감추지 못했다. 빙 둘러 쭈그리고 앉아 마법 세계에서 이들이 발견한 놀라운 이야기를 들었다.

가장 놀라운 이야기는 외딴 섬 동굴 모험에 관한 것이었다.

"동굴을 탐사할 때였어. 기름램프를 들어 올리다 깜짝 놀랐잖아. 구석기 시대의 그림이 있었던 거야. 동굴 박쥐를 날것으로 먹는 벌거벗은 사람들이 그려져 있었어."

플로가 기억을 떠올렸다.

놀라운 것은 그림 그 자체의 발견이 아니었다. 하지만 오히려,

마하르가 자세히 말해준 것처럼, 비몽사몽이었을 때 구석기 시대 그림에서 들려온 속삭임이었다.

"레무리아, 레무리아……."

마하르가 신음소리를 냈다.

"내 귀에 마치 *마나우(manau)* 뱀처럼 쉬시쉭 소리가 났어. 너희들 레무리아 전설 알지?"

마하르가 두려움에 몸을 부르르 떨었다.

"그 속삭임은 나한테 예감처럼 다가왔어. 그건 무시무시한 예언이었어. 벨리퉁의 권력이 곧 몰락할 것이라는!"

마하르의 행동은 언제나 나를 어리둥절하게 만들었다. 가끔씩 성가시기도 했다. 마하르는 허풍이 심했다. 마하르와 몇 분만 이야기하다 보면, 누구나 곧 그 애의 머릿속이 자기만의 세상에 푹 빠져 있다는 걸 알아차릴 것이다. 하지만, 마하르의 허튼소리가 때로는 조만간 사실로 밝혀진다는 것은 부인할 수 없었다. 이미 여러 번 그랬으니까.

그래서 나는 마하르의 말을 진지하게 받아들였다. 벨리퉁 사람들이 바빌론이나 레무리아 사람들처럼 사라지는 건 아닐까? 나를 걱정스럽게 만든 것은 레무리아였다. 많은 사람들이 레무리아 이야기가 꾸며낸 것에 불과하다고 믿었다. 마치 아틀란티스처럼 말이다. 하지만, 만약 마하르의 예감이 진실로 밝혀진다면 레무리아 이야기 또한 진실로 증명되는 게 아닐까? *레무레스(lemures)*라는 소름끼치는 단어는 나를 오싹하게 만들고 내 곁을 맴돌았다. 레무리아라는 단어의 어원인 *레무레스*는 소멸된 영혼을 의미한다. 벨리퉁 섬의 앞날에 어떤 재앙이 도사리고 있단 말인가?

한편, 부 무스 선생님은 마하르 때문에 머리가 아팠다. 마하르는 예술적인 성취가 아니라 신비의 세계로 풍덩 빠져들었다. 마하르의 플랜 A는 마땅히 예술 쪽이어야 했다. 플로의 등장과 더불어, 그 재능의 소모는 더욱 커져만 갔다.

그리고 오늘, 부 무스 선생님은 정말로 머리가 아팠다. 선생님은 PN으로부터 편지 한 통을 받았는데, 학교수업을 중단하라는 경고의 내용이었다. 준설기 세 대가 곧 우리 학교 운동장을 파러 올 예정이라는 것이었다.

이소롱, 대통령 되다!

장비가 마구 몰려왔다. 건설인부들이 일꾼용 막사를 학교 근처에 세우기 시작했다. 학교 가까이 다가오는 준설기의 굉음 소리에 우리는 허둥거렸다.

이미 경고를 받기는 했지만, 가르치겠다는 선생님의 결의는 확고했다. 선생님은 기계소리에 맞서 설명하느라 고래고래 고함을 쳐야 했다.

선생님은 경고 편지를 받고 PN의 고위 당국자에게 학교를 부수지 말라는 호소의 답장을 이미 보냈다. 면담 기회를 달라고도 요청했다. 하지만 선생님의 편지에 관심을 기울이는 사람은 아무도 없었다.

시련 하나가 지나가면 또 다른 시련이 닥쳤다. 선생님의 어깨에 가장 무거운 짐이 있었다. 교장선생님이 돌아가신 뒤로 선생님은 혼자 수업을 하고, 학교의 재정적 어려움을 이겨내고, 시험을 준비하고, 사마디쿤 씨의 위협에 대처하는 이 모든 일을 짊어졌다. 그런데 이제 가장 큰 문제가 닥쳤다. 위협적인 준설기! 이 어린 소녀는 모든 것을 홀로 마주했다.

비록 심각한 처지에 놓여 있어도, 선생님은 만반의 준비가 되어 있었다. 우리가 실망에 빠져 있으면 선생님은 트로피 두 개에 대한 이야기로 우리를 이끌었고, 그것이 현실에 슬퍼하지 않는 사람에 대한 보상이라는 걸 상기시켜주었다. 그러면 우리의 사기는 높아지고, 선생님과 함께 학교에 다니는 행복감을 다시 누릴 수 있었다.

하지만 이런 행복감은 그리 오래 이어지지 못했다. 바로 부릉부릉거리며 다가오는 끔찍한 오토바이 소리 때문이었다. 바로 사마디쿤 씨였다!

우리는 허둥지둥 모여 대비했다. 부 무스 선생님은 모든 것이 질서정연하게 있는지 서둘러 확인했다. 마침내 사마디쿤 씨의 최종 검사가 닥쳤다. 우리는 이 순간을 무지 걱정했다. 여기서 끝나면, 준설기가 우리를 가루로 만들 때까지 기다릴 필요도 없었다. 우리 운명은 사마디쿤 씨의 손에 달렸다.

하지만 이번에는 예전보다 훨씬 더 희망적이었다. 모든 것이

33장 • 이소룡, 대통령 되다!

완벽했다. 구급약도 준비해두었다. 비록 APC 알약과 벌레 추출물 시럽밖에 없었지만. 축제 때 받은 돈으로 칠판과 지우개도 얼마 전에 새로 사두었다. 화장실도 새로 생겼다.(그리 대단한 건 아니었다. 움푹 들어간 통 하나가 전부였으니까.) 이제 화장실에 가고 싶으면 더 이상 숲으로 달려갈 필요가 없다는 뜻이었다.

학생들의 셔츠에는 단추가 제대로 붙어 있었다. 머리는 말끔하게 빗질했다. 자동차 타이어로 만든 샌들이었지만, 모두 발에 뭔가를 신고 있었다. 고무줄 새총을 갖고 다니는 아이는 아무도 없었다. 옷은 여전히 얼룩덜룩 더러웠다. 특히, 나, 쿠카이, 사흐단의 옷이 더러웠다. 하지만 예전보다는 무척 깨끗했다. 하룬의 성적표도 마련해두었다. 2 더하기 2의 정답은 4라는 것을 하룬에게 특별히 가르쳤다. 하지만 하룬은 문제를 낼 때마다 여전히 손가락 세 개를 들어올렸다.

부 무스 선생님은 심지어 사마디쿤 씨의 사소하고 까다로운 요구조건들도 충족시켰다. 계산기, 나침반, 크레용 말이다. 선생님은 나침반 몇 개하고 크레용도 조금 구비했다. 직접 바느질해서 번 돈으로 산 것들이었다. 계산기는 너무 비쌌기 때문에, 대신 주판을 샀다. 하지만 중요한 것은 우리가 이제 트로피 두 개를 갖고 있다는 사실이었다. 이것은 분명 사마디쿤 씨에게 감명을 줄 것이다.

선생님은 우리에게 유리 장식장을 구석에서 옮겨와 자기 책상 옆으로 두라고 했다. 그래야 사마디쿤 씨가 트로피를 곧장 볼 수 있으니까. 사하라는 허겁지겁 우물로 달려가 헝겊과 물통을 가지고 돌아왔다. 그러더니 우리의 트로피가 더 잘 보이도록 유리 장식장을 빡빡 닦았다.

이제 우리는 사마디쿤 씨를 맞을 준비가 되었다. 선생님은 우리를 유리 장식장 오른쪽, 왼쪽에 일렬로 세우고는 트로피 옆에서 자랑스럽게 웃으라고 했다. 이 두 개의 트로피는 학교 문을 닫으려는 사마디쿤 씨의 생각을 물리치는 데 없어서는 안 될 우리의 든든한 지원군이었다.

우리는 긴장했지만 만반의 준비가 되었다. 선생님은 활짝 웃었다. 주위를 둘러보며 뭔가 빠진 게 없나 확인했다. 그러다 갑작스레, 칠판 위 벽을 쳐다보던 선생님의 목이 뻣뻣해졌다. 마치 유령이라도 본 듯한 표정이었다. 환하던 얼굴은 이내 창백해졌다. 우리는 선생님의 시선을 따라가 보았다. 아, 이런! 대통령, 부통령, 그리고 국가 상징인 가루다 빤짜실라 사진을 깜박했다!

탄중판단의 학용품 가게에서 지금껏 보내주지 않았기에 생긴 일이었다. 가게 주인에게 주문한 사진이 언제 오냐고 물어봤는데, 자카르타에서 선적을 기다리고 있다는 대답만 돌아왔었다.

사진은 가장 중요한 조건이었다. 그 사진이 없으면, 다른 것들은 아무런 의미도 없었다. 사마디쿤 씨는 우리의 변명을 받아들이지 않을 거다. 사마디쿤 씨에게 이런 일은 우리가 게으른 탓에 생긴 일이었다.

 탈탈탈탈 머플러 소리가 멈추었다. 사마디쿤 씨가 코앞에 와 있었다. 좀 전까지만 해도 우리는 만반의 준비가 다 되어 있었지만, 이제 우리는 힘이 빠지고 절망스러웠다. 선생님은 넋을 잃고 서 있었다. 사하라는 훌쩍거렸다. 반장 쿠카이는 쓸쓸히 한숨을 내쉬었다. 요구조건을 갖추기 위해 트로피를 따냈던 우리의 끈질긴 노력은 물거품이 되었다. 분명 사마디쿤 씨는 우리 학교 문을 닫고 말 것이다.

 사마디쿤 씨가 자기 오토바이를 세워두는 소리가 들려왔다. 곧 교실로 들어올 것이다. 우리는 벼랑 끝에 서 있었다. 불현듯, 이런 우리의 심각한 상황을 앞에 두고 마하르가 책상 위로 껑충 뛰어올랐다. 그러더니 원숭이처럼 벽에 기대 균형을 잡았다. 한쪽 손은 벽을 잡고 다른 손은 이소룡과 존 레논 포스터, 그리고 트라파니 부모님의 결혼사진을 떼어내 못을 움켜잡았다. 우리는 어리둥절한 채 그저 바라만 보고 있었다. 마하르는 몸을 돌려 다시 책상 위로 뛰어내렸다. 그러고는 지우개를 꽉 잡았다. 발끝을 책상에 걸친 채 사진을 모두 칠판 위에 솜씨 좋게 걸었다. 그러고는 지우개로 쾅쾅 못을 박았다.

마하르는 포스터들을 삼각형 모양으로 매달았다. 애국심의 상징이 흔히 걸려 있는 그런 모양새대로. 가운데 가장 높은 곳, 가루다 빤짜실라가 있어야 할 위치에는 트라파니 부모님의 결혼사진을 걸었다. 그 아래 오른쪽에는 미소 짓고 있는 이소룡이 대통령의 권위를 발산하고 있었다. 그 옆에서 존 레논이 부통령 자리를 차지했다.

마하르는 자기 자리로 돌아와 줄을 섰다. 우리는 마하르가 방금 전에 한 행동을 이해하지 못했다. 우리는 사마디쿤 씨가 너무 두려운 나머지 학교의 운명만 생각하고 있었다. 몇 분 후면 모든 게 끝날 게 분명했다. 100년의 역사를 자랑하는 우리 학교는 오늘 끝난다. 처절한 공포 한가운데에서, 사마디쿤 씨가 갑작스레 우리 앞에 나타났다.

모두가 쥐 죽은 듯했다. 선생님은 몸을 떨었다.

사마디쿤 씨는 점검표가 들어 있는 서류를 꺼냈다. 눈으로 구석구석 교실 안을 훑어보았다. 그러고는 하나하나 기록하기 시작했다. 아무 말도 없었다. 얼굴은 평상시처럼 잔인했다. 시설 조사표를 우리 앞 탁자 위에 올려놓았다. 우리는 사마디쿤 씨가 적어 넣는 걸 볼 수 있었다.

칠판과 가구 항목. 이전의 E) **나쁨**을 C) **괜찮음**으로 올렸다. 학생 청결 상태, 화장실, 조명기구, 구급약, 시청각자료 항목에서 우리 점수는 더 좋아졌다. 기본적인 수준에서, 아무런 문제가 없었다. 하지만 국가 상징 항목에 이르렀을 때, 우리는 걱정스러웠다. 사마디쿤 씨는 칠판 위를 쳐다보았다. 위쪽을 보려고 매우 애쓰는 것처럼 보였다. 눈을 가늘게 뜨고 보았다. 자신의 두툼한 안경을 벗고는, 손수건을 가방에서 꺼내 안경을 닦고, 다시 안경을 썼다. 눈을 비비며, 다시 한 번 온 힘을 다해 칠판 위 상징물을 조사했다. 바로 그때, 우리는 마하르의 기발한 음모를 깨달았다. 마하르는 사마디쿤 씨가 심각한 근시로 고생하고 있다는 것, 그래서 칠판 위 높은 곳에 걸려 있는 사진을 또렷이 볼 수 없다는 것을 알고 있었던 거다.

사마디쿤 씨는 서류에 시선을 돌렸다. 국가 상징의 항목에서 우리 점수는 F) **없음**에서 A) **완벽**으로 멋지게 올라갔다. 사마디쿤 씨는 인도네시아 공화국의 합법적인 정부를 이소룡과 존 레논이 접수한 것을 전혀 눈치 채지 못했다.

사마디쿤 씨는 서류를 한쪽으로 치우고는 미소를 지었다. 사마디쿤 씨가 웃는 모습을 본 건 그때가 처음이었다. 우리 트로피를 보자 사마디쿤 씨의 미소는 더 커졌다. 여전히 아무 말도 없었지만 고개를 주억거렸다. 이윽고 사마디쿤 씨는 교실을 빠져나갔다. 그 고갯짓은 학교를 지켜내기 위한 우리의 지속적인 노력을 높이 평가한다는 뜻이었다. 그리고 우리가 우리 자신을 증명하는 데 크게 성공했기에, 사마디쿤 씨(혹은 인도네시아 교육부 장관이라 할지라도)가 학교 문을 닫을 수는 없다는 뜻이었다.

사마디쿤 씨가 가고 난 뒤, 우리는 마하르를 존경의 눈빛으로 쳐다봤다. 평상시처럼, 마하르는 성가시다는 듯한, 하지만 트레이드마크와도 같은 유쾌한 몸짓을 보여주었다. 마하르는 자기 우상 이소룡의 쿵푸 파이터 포스터를 보며 씩 웃었다. 이소룡이 우리에게 미소 짓고 있었다. 마하르가 부 무스 선생님에게 이소룡의 포스터를 걸어도 되는지 물었을 때, 마하르는 운명은 돌고 돈다는 것을 그리고 언젠가 그 포스터가 유용할 거라고 박박 우겼다. 그리고 오늘, 그 우스꽝스러운 이론이 맞다는 걸 여실히 증명했다.

34장
놀란 토끼

사마디쿤 씨의 시찰이 끝난 며칠 뒤, 우리가 주문한 사진들이 도착했다. 우리는 그 사진들을 영예롭고 필요한 자리에 걸었다. 이소룡과 존 레논은 저항하지 않았다. 쿠데타를 평화롭게 받아들였다.

하지만 그 평화도 그리 오래가지 못했다. 3일 뒤, PN 인부들이 교실에 들어와 사진들을 떼어도 되겠냐고 물었다. 분명, 그 사람들은 국가의 상징을 준설기로 짓이기는 범죄행위에 휘말리고 싶지 않았다. 그 상징물이 법률의 보호를 받는다는 사실을 잘 알고 있었으니까. 우리 열한 명의 학생, 벨리퉁의 원주민들, 인도네시아 시민들, 그리고 100년의 역사를 자랑하는 마을학교를 부숴버리는 건 아무런 문제가 되지 않는 듯했다. 마을학교를 부수어도

PN을 처벌하는 법은 없으니까. 우리를 보호해줄 법은 세상 어디에도 없었다.

주석 채굴 기계들이 속속 도착했다. 준설기가 점점 가까이 모여들었다. 축구장만큼 크고, 코코넛 나무만큼 높은 어마어마한 기계들이 주둥이를 우리 학교 코앞으로 들이댔다. 우리 학교는 하이에나 무리에 둘러싸인 놀란 토끼 같았다.

거의 2년 동안, 우리는 사마디쿤 씨한테 시달려왔다. 이제야 비로소 사마디쿤 씨를 잠잠하게 만들었다. 하지만 PN은 우리가 맞서 싸울 수 있는 그런 존재가 아니었다. 수백 년 동안, PN의 주석 채굴에 맞선 사람은 아무도 없었다. 보상해줄 필요가 있는 상황이라면, 이들의 자원은 무한했다. 준설기가 정원, 시장, 마을, 심지어 정부청사까지 집어삼키는 것도 다반사였다. 가난한 학교는 미미한 존재에 불과했다. 손톱 아래 낀 때만도 못했다.

학교를 지키고 싶었지만 우리도 받아들일 수밖에 없었다. 우리는 PN한테 상대가 되지 않았다. 교장선생님이 돌아가신 뒤, 부 무스 선생님도 기운을 많이 잃었다. 지금껏 그런 적은 한 번도 없었다. 하지만 선생님은 잠깐 쉬자는 이야기를 자주 하기 시작했다.

쉬는 시간마다, 우리는 슬픈 표정으로 앉아 학교 운동장을 바라보았다. 운동장은 이미 땅 고르는 장비로 절반이 무너진 상태였다. 우리가 지금까지 겪은 가장 큰 시련이었다. 우리는 하루하루 더욱더 절망적이 되어갔다. 선생님은 자포자기하듯 우리를 바라보았다.

그런데 준설기가 학교를 파괴하는 것보다 선생님이 두려워하는 게 딱 한 가지 있었다. 그것은 돌아가신 교장선생님도 똑같이 두려워하던 것이었다. 결국, 두 분이 가장 두려워하던 일이 벌어졌다.

오늘, 3일 동안 학교에 그 큰 머리통을 보이지 않던 쿠카이가 또 결석했다. 전설적인 반장이 안 나오자 우리 반은 우왕좌왕했다. 선생님이 쿠카이 아버지에게 무슨 일이 있느냐고 물었는데, 쿠카이가 매일 아침 학교에 간다고 했다나! 문제가 터졌다.

여기저기 수소문해본 결과, 쿠카이가 이웃 마을 아이들과 같이 후추농장에서 일한다는 것을 알아냈다.

봉급을 받는 수요일 밤, 알-히크마 사원에서 코란을 공부하고 난 뒤 쿠카이는 주머니에서 돈 뭉치를 꺼냈다. 그러더니 손가락 끝에 침을 묻혀가며 돈을 셌다. 마치 전당포 직원처럼 세고 또 셌다. 쿠카이는 이미 전부 얼마인지 알고 있었다. 그 교활한 입에서는 아무 말도 나오지 않았다. 그건 정말 무시무시한 유혹이었다. 나중에 알았지만, 쿠카이에게는 사람을 유혹하는 숨은 재능이 있었다.

다음 날, 삼손이 감쪽같이 사라졌다.

삼손이 목요일에 결석하는 일은 아주 드물었다. 그날은 삼손이 가장 좋아하는 체육수업이 있는 날이었다.

일주일 내내 삼손한테서 아무런 소식도 들려오지 않았다. 다음 수요일 밤, 삼손은 검게 탄 몸과 이전보다 더 우람해진 근육을 달고 코란 공부시간에 나타났다. 삼손은 코프라 일꾼이 되어 있었다. 삼손은 주머니에서 병을 하나 꺼내며 자랑스레 말했다.

"파키스탄에서 만든 머리털 나는 신상품 기름이야! 아주 비싼 거야."

그러면서 병에 붙은 수염 난 남자 사진을 쓰다듬었다.

"도마뱀 땀으로 만든 거야! 아주 강력해! 이마에 바르기만 해도 머리카락이 자란다니까."

삼손은 내 이마를 문지르며 말했다.

그러더니 자기 셔츠 단추를 푸는 게 아닌가. 세상에, 진짜였다! 삼손의 가슴에는 털이 빽빽했다. 내가 깜짝 놀라는 걸 보고는 그 펑퍼짐한 코에 달린 콧구멍이 헤벌쭉 벌어졌다. 삼손은 셔츠 단추를 다시 채우고는 정색을 했다. 6년 동안 학교를 다녀도 아무것도 못 샀지만, 딱 6일 동안 코프라를 옮기고 나서 이 귀중한 기름을 살 수 있었다고. 그것도 파키스탄에서 만든 것을!

다음 날, 마하르가 보이지 않았다.

마하르는 자기 직업에 코코넛 가는 일을 추가한 게 분명했다. 처음에는 그저 방과 후에 파트타임으로 일을 했지만, 이제 하루 종일 일을 했다. 그건 오직 한 가지만을 의미했다. 학교여 안녕. 3일 뒤, 코란 공부 선생님이 잠시 자리에 없는 틈을 타, 마하르가 뭔가를 꺼냈다. 그건 바로 쌍절곤이었다! 이소룡의 최후의 무기! 마하르는 우쭐거렸다. 평생 쌍절곤을 사고 싶어 했는데, 이제 그 꿈을 이룬 것이다.

불행히도, 마하르가 무엇을 하든 충실한 부하 아 키옹은 분명 따라 할 거다.

어느 월요일 아침, 아 키옹의 코끝과 양철 깡통머리가 보이지 않았다.

아 키옹은 스승 마하르와 멀리 떨어지고 싶지 않았다. 아 키옹은 빵장수를 선택했다. 아 키옹은 세면대야에 빵을 담아 머리에 이고는 시장 여기저기에 팔러 다녔다. 그 시장은 마하르가 코코넛 가는 일을 하는 중국 상점이 있는 곳이었다.

아 키옹은 촉촉한 빵을 머리에 이고 나르는 게 사실 전도유망한 일처럼 보였다고 내게 말해주었다.

"골프공을 찾으러 물속에 뛰어드는 것보다는 이 일이 훨씬 나아, 이칼. 빵을 파는 건 돈을 쏠쏠하게 벌 수 있는 쉬운 일이야. 악어와 싸우지 않아도 된다고."

가끔 돈을 벌기 위해 했던 우리의 일을 생각했다. 벼락부자, PN 스태프, 골프 초보자들이 건지지 못하는 골프공을 찾아 물속에 뛰어드는 일. 그리고 나서 우리는 그 골프공을 캐디한테 되팔았다.

아 키웅은 자기 주머니에 두둑하게 든 동전을 흔들었다. 딸랑딸랑 소리가 났다. 딸랑거리는 소리에 나는 마음이 흔들렸다.

다음 월요일, 나 이칼은 학교를 빼먹고 시장에서 빵을 팔았다.

처음 학교에 다니기 시작한 이후로 줄곧, 우리는 이런 아이러니 때문에 끊임없이 괴로워했다. 가장 최근의 아이러니는 쿠카이였다. 반장이자 우리의 사기를 북돋아주던 쿠카이가 학교를 빼먹자 줄줄이 연쇄반응을 불러일으켰다. 우리 학교를 무너뜨릴 수도 있었다. 언제나 말했듯, 독자 여러분, 그건 타고난 정치인의 기회주의적 본성이다.

그래서 사하라, 플로, 트라파니, 하룬, 사흐단, 린탕만 교실에 남았다. 사실, 사흐단은 버텨내려 했지만, 돌아가신 교장선생님을 향한 부 무스 선생님의 그치지 않는 슬픔은 우리 모두에게 비관주의의 분위기를 물들였다. 쿠카이의 가벼운 유혹에 사흐단은 학교를 떠났다.

누군가는 여전히 열정적이었다. 자전거 타이어 바람이 빠지고, 자전거 체인이 끊어지고, 학교를 오가는 길에 악어가 수없이 출몰했음에도 불구하고 말이다. 바로 린탕. 린탕은 친구들이 학교에서 도망친 것, 학교가 준설기의 위협을 받고 있는 것은 안중에도 없었다. 린탕은 여전히 가장 먼저 학교에 도착하려 했고, 언제나 가장 늦게 집에 돌아가려 했다.

"나는 계속 공부할 거야. 이 학교를 지탱해주고 있는 신성한 기둥이 버티고 있는 한……."

린탕이 확신에 찬 목소리로 말했다.

그 신성한 기둥은 교장선생님의 자취였다. 린탕은 언제나 그것을 우리 학교의 투쟁의 상징으로 바라보았다.

부 무스 선생님이 자주 학교에 오지 않았기에, 린탕은 선생님의 임무를 대신했다. 린탕이 수학에서부터 이슬람의 역사에 이르기까지 모두 가르쳤다. 마치 부 무스 선생님처럼. 린탕의 학생은 사하라, 플로, 트라파니, 그리고 하룬이었다. 이들은 함께 자기 자리를 지키는 다섯 명의 충실한 학생이었다.

모기 방역사 아저씨가 멀리서 보니 여전히 누가 학교로 가는 것 같다고 선생님한테 말해주었을 때, 선생님은 깜짝 놀랐다. 선생님은 궁금했다.

누구지? 학교는 텅 비지 않았나? 곧 준설기가 무너뜨릴 거잖아?

부 무스 선생님은 자전거에 올라타 학교를 향해 세차게 페달을 밟았다.

선생님은 학교 마당에 도착해 자전거를 필리시움 나무에 기대 놓았다. 교실에서 두런두런 목소리가 들려왔다. 선생님은 조바심을 내며 교실로 다가가 갈라진 벽 틈으로 안을 엿보았다. 선생님의 몸이 떨렸다. 린탕이 사하라, 플로, 트라파니, 하룬에게 인도네시아의 첫 번째 대통령 수카르노가 네덜란드인들한테 잡혀 반둥 감옥에 갇혀 있을 당시 인도네시아의 독립을 위해 공부를 계속한 이야기를 들려주고 있었다.

부 무스 선생님의 얼굴에 눈물이 방울방울 떨어졌다. 언젠가 선생님이 들려준 이야기였다. 무슨 일이 있어도, 학교를 위해 싸우도록 우리의 용기를 북돋아주기 위해 했던 이야기…….

학교로 돌아와라

나는 세면대야 아래 몸을 쪼그리고 앉아 있었다. 그래서 빵을 집어 드는 사람의 얼굴을 보지 못했다.

여자가 물었다.

"이건 얼마지요, 젊은이?"

나는 놀라 자빠질 뻔했다. 첫 마디만 듣고도 그 목소리의 주인공을 알았으니까.

부 무스 선생님이 내 앞에 떡하니 버티고 서 있었다.

"이칼, 학교로 돌아와라."

선생님이 또박또박 말했다.

선생님에게 죄송한 마음이었다. 하지만 학교에 계속 다니는 것은 바람을 손으로 잡는 것만큼 가능성이 희박했다.

"이것 말고 달리 뭘 하겠어요, 선생님?"

"내게 좋은 계획이 있어."

선생님이 말했다.

나는 선생님의 말을 못 들은 체했다. 선생님은 실망했다. 그다음에 선생님은 아 키옹과 마하르에게 다가갔다. 그 아이들도 고개를 절레절레 저었다.

"희망을 포기하지 마. 다음 주 월요일에 학교로 와라. 내 계획에 대해 함께 이야기하자꾸나."

선생님이 우리에게 부탁했다.

나중에 들은 이야기인데, 선생님은 우리를 만나고 나서 자전거를 타고 수십 킬로미터를 달려 깊은 숲 속에 있는 후추농장까지 갔단다. 쿠카이를 찾기 위해서 말이다. 선생님은 후추농장 일꾼으로 일하고 있는 수백 명의 미성년 소년 소녀들 사이에서 자기 학생을 찾았다. 그 아이들 중에서 학교에 다니는 아이는 아무도 없었다.

선생님은 사람들에게 쿠카이의 사진을 보여주면서 쿠카이가 어디에 있는지 아냐고 물으며 돌아다녔다. 농장에서 이틀을 보낸 뒤, 그곳 동네 사람의 집에서 잠을 자며 선생님은 마침내 우리 반장을 찾아냈다. 선생님은 교장선생님이 했던 대로 했다. 미성년 아이들한테 학교로 돌아가라고 설득하는 일을.

35장 • 학교로 돌아와라

무심한 쿠카이를 오랫동안 구슬린 뒤, 선생님은 삼손을 찾으러 사롱 사람의 보트를 얻어 타고 벨리퉁 동쪽에 위치한 멜리당 섬으로 갔다. 삼손은 거기서 코프라 일꾼으로 있었다.

쿠카이와 삼손은 아 키옹, 마하르, 그리고 나와 똑같은 태도를 보였을 게 뻔했다. 쿠카이와 삼손은 이미 돈의 노예가 되어 학교로 돌아오기를 거부했다고 선생님은 내게 침울하게 말했다.

우리는 학교로 돌아가지 않으려 했다. 희망을 다시 품고 싶지 않았기 때문이었다. 학교를 구하지 못하면, 선생님을 더욱더 아프게 할 거고, 우리 역시 상처를 받을 거다. 만약 그저 돈이 없어서, 학교 건물이 다 쓰러져가서, 사람들이 무시해서, 사마디쿤 씨가 겁을 주어서라면, 어떻게든 계속 버텨볼 수도 있었다. 우리는 계속 싸우려고 했을 것이다. 하지만 PN에 맞선다는 것은 미친 짓이었다. 나는 선생님에게 내 생각을 솔직히 말해주고 싶었다.

"다 끝났어요, 선생님. 어쩌면 그 사람들 말이 옳은지도 몰라요. 그냥 내버려두세요."

자전거 핸들을 움켜쥔 선생님의 손이, 눈에 띄게 힘이 들어갔다. 선생님은 분명 그 제안을 거부했을 것이다. 선생님은 결코, 어떤 이유에서든, 낡은 무하마디아 학교가 파괴되는 걸 그냥 지켜보고만 있지 않을 것이다.

"PN 공사 책임자가 말했어요. 보상으로 선생님한테 PN 학교에서 교사 자리를 주겠다고 했어요. 그 기회를 잡으세요. 봉급도 엄청 많대요!"

마하르가 대들었다.

그 소식은 이미 마을에 쫙 퍼져 있었다. 선생님은 마하르의 눈을 바라보았다.

"난 너희들을 그 어떤 것과도 바꾸지 않을 거야!"

늦은 오후 우리와 대화를 마치고, 부 무스 선생님은 사흐단을 찾으러 링강 강의 범람원으로 갔다. 선생님은 저녁 내내 사흐단을 찾아다녔다. 파도가 높고 바람도 거셌다. 어부들은 판자를 덧대며 작은 배를 고치고 있었다. 배를 수리하고 돈을 받는 것은 언제 무너져 내릴지도 모르는 학교에서 공부하는 것보다 사흐단에게 훨씬 더 수지타산이 맞는 일이었다. 사흐단의 생각을 탓할 수는 없었다.

금요일 저녁, 선생님이 시장으로 나를 찾아온 지 일주일 뒤, 나는 모기 방역사 아저씨와 마주쳤다. 아저씨는 자신이 부 무스 선생님에게 들려주었던 것과 똑같은 이야기를 들려주었다. 여전히 학생들이 우리 교실에서 공부하고 있다는 이야기 말이다. 나는 직접 가서 내 눈으로 확인해보고 싶었다.

35장 • 학교로 돌아와라

다음 날, 나는 빵을 다 팔고 나서 학교로 갔다. 학교 운동장은 이미 엉망진창이었다. 주석 채굴 기계에 둘러싸여, 우리 학교는 슬프고 무기력하게 구석에 처박혀 있었다. 거대한 기계가 우르르 쾅쾅 엄청난 소리를 내뿜으며 학교를 더욱더 기울어지게 했으며, 지붕널을 무너뜨렸다. 학교 지붕 대부분이 날아가고 없었다. 기가 막혔다. 바람이 한 번만 불어도, 학교는 우르르 무너져 내릴 거다.

노란 대나무 깃대가 어디로 갔는지 누가 안단 말인가?

학교 종도 사라졌다. 무하마디아 간판은 떨어져, 땅 위에 측은하고 흉측하게 나뒹굴고 있었다. 그 예뻤던 꽃밭도 다 파헤쳤다. 교실 뒤 두꺼운 판자로 된 벽은 더 이상 보이지 않았다. 마을 사람들이 우리 학교를 구할 수 없다고 생각해 캄캄한 밤에 와 판자들을 뜯어가버렸던 거다.

우리 교실은 절반이 뻥 뚫린 방이 되었다. 뒤쪽 벽을 지탱하던 기둥은 이제 이웃 사람들이 가축을 묶어두는 데 썼다. 암소 한 마리가 조금이라도 세게 잡아당기면, 우리 학교는 분명 무너져 내릴 것이다. 교실에 남아 있는 것이라고는 칠판, 그리고 그 잘난 트로피 두 개가 들어 있는 유리 장식장, 로마 이라마의 **돈벼락** 포스터, 이소룡의 **쿵푸 파이터** 포스터, 그리고 *삶이란 당신이 다른 계획을 세우느라 바쁜 와중에 당신에게 일어납니다!*라고 적혀 있는 존 레논의 포스터였다.

그나마 남아 있는 벽 하나의 틈새로 린탕이 사하라, 플로, 트라파니, 그리고 하룬에게 수학문제를 설명해주는 모습이 보였다. 린탕은 뙤약볕 아래에서 가르치고 있었다. 칠판 위에 지붕이 없기 때문이었다. 땀이 비 오듯 흘렀지만 린탕의 활기 넘치고 밝은 눈동자는 반짝반짝 빛났다. 린탕은 열정적이었다. 가르칠 때에는 학생들에게 더욱더 가까이 다가갔다.

린탕이 우연히 나를 보고는 교실 밖으로 달려 나왔다.

"야, 너구나, 이칼!"

린탕이 나를 행복하게 맞았다.

"들어와, 공부하자! 우린 지금 수학공부를 하고 있어. 정말 멋지지 않니!"

가슴이 찡했다. 린탕은 우리 학교의 이런 절박한 운명을 신경 쓰지 않으려 하고 있었다. 나는 물었다.

"너는 왜 지금까지 그러고 있어, 린탕?"

린탕이 미소 지었다.

"내가 말했잖아, *보이*? 나는 계속 공부할 거야. 이 학교를 받치고 있는 저 신성한 기둥이 무너질 때까지."

우리 학교의 신성한 기둥은 여전히 견고하게 버티고 있었다. 다른 기둥 수십 개가 그 기둥과 연결되어, 그 기둥에 의지하고 있었다. 마치 식구들이 흩어지지 않도록 구심점이 되어주는 누군가를 닮은 듯했다.

"너도 봤지, 응? 우리 학교의 신성한 기둥은 아직 떡하니 버티고 있다고."

"그것도 곧 무너질 거야."

나는 자포자기하듯 말했다.

린탕이 나를 바라보며 느릿느릿 말했다.

"우리 엄마 아빠를 실망시켜 드리지 않을 거야, 이칼. 엄마 아빠는 내가 계속 학교에 다니길 바라서. 우리는 꿈을 꾸어야 해, 원대한 꿈을, *보이*. 학교는 그 출발점이야. 포기하지 마, *보이*. 절대 포기하지 마."

내 마음이 흔들렸다.

"우린 계속 공부해야 해. 우리 아이들이 이런 학교에 다니지 않으려면……. 그래야 우리가 억울한 대접을 받지 않을 거라고."

린탕의 목소리는 비통했다.

"학교를 그만두지 마, *보이*. 절대."

나는 들고 있던 세면대야 아래에 얼굴을 숨겼다. 린탕을 도저히 바라볼 수 없었다. 이렇게 잘난 녀석의 얼굴을 차마 바라볼 수가 없었다. 나는 부끄러웠다. 흘러내리는 내 눈물이 부끄러웠다.

절반의 영혼

    월요일 아침, 부 무스 선생님, 사하라, 플로, 트라파니, 하룬, 린탕, 그리고 나는 학교 앞 필리시움 나무 아래에 옹기종기 모였다. 우리는 무단이탈한 무지개 분대의 다른 대원들을 기다리고 있었다. 아무런 허락도 없이 무하마디아 마을학교를 떠난 아이들 말이다.

    마하르가 말한 것처럼, 운명은 돌고 돈다. 부 무스 선생님은 똑같은 경험을 하고 있었다. 우리가 1학년을 시작하려던 당시 열 번째 학생이 오기를 기다리던 때와 마찬가지로 학교 운동장 저 너머를 응시하고 있었다. 선생님의 얼굴에는 두려움과 희망이 엇갈렸다.

    거의 열 시가 다 되었다. 하지만 아무도 나타나지 않았다. 우리는 슬픈 침묵에 잠겼다. 그런데 갑자기 선생님이 미소를 지었다. 저 멀리, 아 키옹이 보이기 시작했다. 자전거를 타고 학교를 향해 씽씽 엄청나게 빨리 질주해오고 있었다. 스승 마하르가 뒷자리에 앉아 있었다. 마하르가 아 키옹에게 큰 소리로 명령을 내리는 듯했다. 둘은 학교에 도착해 뜨거운 환대를 받았다.

곧, 또 한 명의 모습이 저 멀리서 나타났다. 킹콩처럼 학교를 향해 성큼성큼 걸어오고 있었다. 그 짧은 시간 동안 코프라를 나르느라 삼손의 몸은 더욱 우람해졌다. 삼손은 차분하고도 침착하게, 늠름하고도 폼 나게 성큼성큼 걸어왔다. 어깨에는 뭔가 자그마한 검정 털북숭이가 얹혀 있었다. 가까이 와서야 그 자그마한 털북숭이가 사흐단이라는 걸 알았다.

이제 쿠카이만 남았다. 야비한 우리 정치인. 열한 시가 되었다. 오랫동안 기다렸지만 도망자의 우두머리는 그 큰 머리통을 기어코 드러내지 않았다.

마침내, 선생님은 우리에게 교실로 들어가라고 시켰다. 쿠카이가 오지 않아 선생님은 슬펐다. 무슨 수를 써서라도 쿠카이를 학교로 다시 데려와야 한다고 말했다. 선생님은 아주 확고했다. 선생님의 힘 있는 말에 우리는 소스라치게 놀랐다.

"단 한 명의 학생이라도 잃는 것은 내게 내 영혼의 절반을 잃는 것과 똑같아."

우리는 속으로 생각했다.

왜 한 명의 학생이 그렇게나 중요하지?

하지만 선생님에게 그것은 그렇게 단순한 문제가 아니었다.

"내가 여기 서 있는 한, 단 한 명의 학생도 잃지 않을 거야."

우리는 쿠카이가 후추농장을 왜 떠날 수 없었는지 삼손한테 들었다. 이미 돈을 받았기 때문이란다.

이 정보 때문에 선생님은 그 다음 주를 아주 분주하게 보냈다. 선생님은 최대한 많이 바느질 주문을 받았다. 쿠카이를 데려오기 위해서 밤낮으로 바느질해서 돈을 모았다. 돈을 벌기 위해 선생님은 그 주 내내 린탕에게 수업을 맡겼다. 우리는 교실이 지붕도 없는 축사로 바뀐 것에는 전혀 신경 쓰지 않았다. 학교 운동장을 이리저리 움직이는 PN 기계가 내는 소음에도 신경 쓰지 않았다. 그 무시무시한 준설기가 점점 더 가까이 밀려왔다. 린탕은 우리를 가르칠 때면 매우 열정적이었으며 우리도 열심히 들었다. 우리는 완전히 달라졌다. 그러니까, 준설기가 우리 학교를 부술지라도, 우리는 계속 공부할 것이다. 설령 그것이 야외에 서서 공부하는 것이라 할지라도 말이다. 우리의 선택은 오직 하나밖에 없었다. 즉, 무슨 일이 있든, 계속 공부하는 것.

돈을 웬만큼 모으고 나서, 선생님은 쿠카이를 자기 자전거 뒤에 태우고 도착했다. 쿠카이의 모습은 비참했다. 후추농장 일은 굉장히 힘든 중노동이었다. 우리가 차례차례 쿠카이를 안아주는 동안 쿠카이는 내내 눈물을 흘렸다.

선생님은 우리를 모아놓고 기계의 소음을 이기려 목청 높여 말했다. 팍 하르판 교장선생님이 분명 우리 학교가 파괴되는 것을 보고 싶어 하지 않을 것이라고.

"지금은 우리가 단호하게 지켜나가야 할 때야."

선생님이 말했다. 우리 눈을 하나씩 하나씩 똑바로 바라보며, 우리의 용기를 불타오르게 했다.

"이 학교를 지킬 거야. 무슨 일이 있든. 우리는 팍 하르판 교장선생님의 명예를 지켜야 해!"

선생님이 감정을 억누르려 노력하며 쉰 목소리로 말했다. 선생님의 손이 떨렸다. 교장선생님의 이름을 말할 때마다 슬픔이 밀려왔다. 우리는 울음을 삼켰다.

"눈물 닦아."

부 무스 선생님은 단호하게 말했다. 선생님 또한 눈물을 감추려 애썼다.

"눈물을 당장 거둬! 교실 밖에 나가서는 결코 누구한테도 너희들의 눈물을 보이지 마라."

그러더니, 선생님은 갑작스레 교실 밖으로 걸어 나갔다. 우리는 선생님을 따라나섰다. 선생님은 학교 운동장으로 재빨리 걸어 나갔다. 굉음 사이로 곧장 다가가, 거대한 기계를 움직이는 사람들한테 소리쳤다.

"기계를 당장 멈춰요!"

사람들은 깜짝 놀라 서로를 멀뚱멀뚱 바라다보기만 했다.

"기계를 당장 멈춰요! 당장 멈추라고요!"

즉각 기계가 멈춰 섰다. 기계 조작자, 운전자, 일꾼들이 망연자실했다.

"원한다면 이 학교를 파괴하세요. 그렇게 하려면 먼저 제 시체를 밟고 넘어가세요!"

우리는 즉각 선생님 앞으로 달려가 인간 장벽을 만들었다. 만약 PN이 우리 학교와 선생님을 쓰러뜨리고 싶다면, 우리를 먼저 쓰러뜨려야 할 것이다.

왕에게 도전장을 낸 어린 소녀

처음부터, 우리가 PN과 말없이 싸우고 있다는 걸 모두 알고 있었다. 부 무스 선생님이 우리 학교를 철거하겠다는 PN의 경고에 반박 편지를 보냈다는 사실도 모두 알고 있었다. 하지만 이제 선생님이 기술자들한테 기계를 세우라고 소리침으로써, PN 왕국에 대한 자신의 반대의지를 공개적으로 드러냈다. 수백 년 동안의 지배기간 내내, PN이 평범한 시민한테 공개적으로 도전을 받는 이런 경우는 없었다. 그것도 어린 소녀, 가난한 마을학교 선생 하나가 말이다.

선생님의 편지대로, 선생님은 PN 총책임자와의 면담을 계속 주장했다. 아주 대담한 행동이었다. 전에 한 번도 그렇게 행동한 이는 없었다. 자기 건물이 준설기로 파괴된 고위 공직자도 그렇게 한 적이 없었다.

선생님의 용기를 보고 많은 이들이 미친 짓이라고 했다. 매일 아침, 선생님은 사람들의 조롱을 견딜 수 없어 재빨리 자전거 페달을 밟아 후다닥 시장을 지나쳤다. 하지만 모두가 그런 것은 아니었다. 선생님은 이발사 조합, 야자주스 판매원, 동네 찻집 손님들과 주차 안내원의 박수갈채를 받았다.

"용기를 잃지 마세요, 부 무스 선생. 우리가 뒤에 있잖아요!"

사람들은 소리쳤다.

속 좁은 사람 몇몇은 선생님을 협박하기 시작했다. 비관주의자들은 어리석은 행동 때문에 선생님이 오갈 데 없는 신세가 될 거라고 충고했다. 당시, 권력자들에게 반대하는 건 금기시되어 있었다. 힘센 사람들은 그만큼 강력했다. 비판의 소리는 대부분 감쪽같이 사라지곤 했다.

하지만 선생님은 물러서지 않았다. 자신의 입장을 고수했다. 준설기가 우리 학교를 무너뜨리고 그 아래에 있는 주석을 파헤쳐가는 것을 정말 막을 수 없다면, 적어도 PN 고위 당국자와 직접 이야기를 해야겠다고 했다. 그래야 우리한테 학교가 어떤 의미인지를 말할 수 있으니까.

하지만 부 무스 선생님이 누구였던가? 우리가 누구였던가? 가난하고 하찮은 촌놈들에 지나지 않았던가? 우리 학교는 중요하지 않았다. 우리 학교에는 우리를 지켜줄 관료 하나 없었다. 더욱이, 우리 학교는 정부 입장에서는 골칫거리일 뿐이었다. PN 총책임자는 우리에게는 하늘 높은 곳에 있는 인물이었다. 그에게는 하찮은 마을학교를 상대하는 것 말고 해야 할 일이 많았다. 우리 학교 문제를 PN에서 가장 낮은 관리직원인 조사팀장에게 넘긴 것만으로도 할 만큼 한 것이다.

조사팀장은 점잖은 중년 남자인데, 교활한 협상가는 아니었다. 그 남자는 부 무스 선생님과 만나는 일이 썩 내키지 않았다. 선생님의 용기를 존중했는지 우리 학교를 수용하는 것이 도덕적으로 옳지 않다고 생각했는지 그건 알 수가 없었다.

"회사에서 이 학교를 다른 지역으로 옮기는 문제를 선생님과 상의하라고 했습니다. 그래야 준설기를 이곳에서 가동시킬 수 있습니다."

조사팀장은 의례적인 인사말로 시간을 낭비하고 싶지 않다는 듯 곧장 요점을 말했다.

선생님은 미소만 지을 뿐 아무런 대답도 하지 않았다. 조사팀장은 선생님의 대답을 기다렸지만, 선생님은 가만히 있었다. 조사팀장은 대답하지 않는 게 무슨 뜻인지 알 정도로 충분히 현명했다. 선생님은 이미 대답을 한 것이었다. 조사팀장은 선생님에게 말했다.

"제 상사한테 선생님의 결정을 알리겠습니다."

조사팀장의 상사인 공사 감독관은 업무보고를 받고 기분이 상해 조사팀장을 꾸짖었다. 이제, 공사 감독관이 직접 나서야 했다. 주석 채굴을 위해 이미 결정된 사항을 방해할 만큼 충분히 용감한 마을학교의 방해를 받고 있으니 말이다.

아직 아무 일도 일어나지 않았건만, 공사 감독관은 화가 나서 휘청거렸다. 부하한테 선생님을 자기 사무실로 불러오라고 했다가 한 방 먹었다. 선생님은 눈썹을 찡그렸다.

"공사 감독관한테 전해주세요. 우리한테 할 말이 있다면, 우리는 여기에 있다고요. 이 학교의 운명은 우리 학생들 앞에서 결정해야 합니다. 이 교실 안에서 말이에요. 지금 가장 위기에 처한 것은 바로 우리 아이들이란 말이에요."

마침내 공사 감독관이 학교에 왔다. 야단법석을 떨지는 않았다. 그저 커다란 계산기를 꺼내 선생님한테 아주 엄청난 숫자를 보여주었다.

"이것은 엄청난 돈이에요, 선생. 이 돈으로 땅을 살 수 있어요. 이 학교 운동장의 열 배나 되는 땅을. 지금보다 열 배나 좋은 학교를 지을 수 있다고요."

그는 생색을 내는 듯한 말투로 또박또박 말했다.

"감독님, 이것은 제 학교가 아니에요. 이곳 사람들의 학교입니다. 더욱이, 나는 이미 몇 번씩이나 말했어요. 우리는 아무리 낡았어도 이 학교를 팔지 않겠다고요. 학교 땅도 팔지 않겠다고 이미 말씀드렸습니다. 제아무리 높은 조건을 제시한대도 말이에요."

선생님의 반응은 차분했다. 하지만 그 말 속에서, 선생님 같은 사람에게 돈은 문제가 되지 않는다는 것을 누구나 알 수 있었다. 찢어지게 가난했지만, 선생님은 돈의 유혹에 넘어간 적이 한 번도 없었다.

공사 감독관은 화를 내며 사납게 굴었다.

"글쎄요, 어쩌면 그건 당신이 실제 이 땅을 파는 입장에 있지 않기 때문일지도 모르죠. 내가 알고 있는 한, 이곳은 종교 공동체의 재산입니다. 당신 것이 아니란 말이오."

공사 감독관의 견해는 재산법의 관점에서 정당한 근거가 있었다. 하지만 이 경우에는 아주 결함이 많은 견해였다. 스스로를 옭아매는 꼴이 되었다.

"그렇군요. 이 땅이 정말 종교 공동체 소유라면, 더더욱 팔 수 없지요. 이 땅은 우리가 위탁받았고, 우리는 그 위탁을 지켜나갈 겁니다. 감독님, 당신이 이슬람교도라면, 이슬람교도에게 위탁이 어떤 의미인지 굳이 설명하지 않아도 되겠지요?"

당혹스러움에 공사 감독관의 얼굴이 홍당무처럼 빨개졌다.

공사 감독관의 윗사람인 공사 책임자는 노발대발했다. 공사 책임자는 아주 신경질적이었다. 그 사람은 PN 특별보안부대 대장 경력이 있는 사람이었다. 보안부대 사람들은 AK 47로 무장했다. 공사 책임자는 단순한 임무도 제대로 처리하지 못한 공사 감독관한테 마구 성을 냈다. 짜증이 나서, 그리고 이미 자카르타와 벨리퉁에서 투자자와의 협상에 정신이 없는 와중에, 공사 책임자가 이 하찮은 문제를 해결하기 위해 우리 마을학교로 직접 와야 했다.

평판이 나쁘고 냉정한 관리를 상대해야 한다는 걸 알고 있었지만, 선생님은 침착했다. 하지만 마하르는 그렇게 침착하지 못했다. 마하르는 우리의 비밀요원 사흐단에게 공사 책임자에 대해 뒷조사해보라고 시켰다. 사흐단은 공사 책임자가 머리가 나쁘고 천성이 아주 나쁜 사람이라고 알려주었다. 정말 위험천만한 조합이 아닐 수 없었다. 마하르는 무지개 분대 대원들을 필리시움 나무 아래로 불러 모았다. 마하르는 상황이 잠재적으로 과열될 수 있다고, 심지어 통제 불능의 상태까지 이를 수 있다고 말했다. 우리는 심사숙고했다. 마침내, 우리는 해법을 찾아냈다. 하지만 그건 우리가 가급적 피하려고 해왔던 그런 종류의 일이었다. 해법은 우리의 정치가, 쿠카이에게서 나왔다.

"탄중판단에 있는 내가 아는 기자들을 부를게."

쿠카이의 아이디어는 훌륭했다.

공사 책임자가 우리 학교로 달려왔다. 몸짓만으로도 단단히 화가 나 있다는 것을 확실히 알 수 있었다.

공사 책임자는 적대적으로 말했다.

"선생, PN은 국가 소유라는 걸 내가 당신한테 직접 말해줘야 알아듣습니까? 정부 법규가 있습니다. 국가사업은 공적인 이익을 위해 자유롭게 운용할 수 있단 말입니다!"

선생님은 광범위한 지식과 엄청난 자제력을 지녔다.

"공적 이익이라고 하셨나요?"

선생님이 물었다.

그것은 수사학적인 질문이었다. 공사 책임자가 말한 공적이라는 것에는 원주민들은 분명 포함되지 않았다.

"시민은 교육받을 권리가 있다는 걸 제가 직접 말해야 하나요? 이 나라 헌법에 적혀 있어요. 제가 아는 한, 헌법은 이 나라에서 최고의 법입니다. 제가 그 조항을 인용해드릴까요?"

공사 책임자는 어안이 벙벙했다. 우리 선생님을 과소평가했던 것이다. 날아온 벽돌에라도 맞은 것 같았다. 책임자는 조사팀장과 공사 감독관의 경험을 통해 배웠어야 했다.

"계속 그렇게 나오면, 우리 몸을 이 학교에 꽁꽁 묶을 겁니다."

공사 책임자는 성질대로 하고 싶었지만, 한쪽 구석에 있는 기자들이 사진을 찍을 준비를 하고 있다는 것을 알고 있었다. 분명 다음 날 신문 1면을 장식할 것이다. 그 사진 위에는 이런 헤드라인이 대문짝만 하게 박힐 것이다.

PN 관리, 자그마한 공동체를 향해 잔인하게 행동하다.
혹은
공사 책임자는 헌법을 모른다!

공사 책임자는 궁지에 몰렸다. 부 무스 선생님의 말이 맞다는 걸 인정할 수밖에 없었다. 자신이 헤드라인 뉴스거리가 되는 걸 두려워했다. 기자들은 낡은 이슬람 학교에서의 관리자의 악담과 행동을 통해 그의 의도를 간파할 수 있었다. 이 세상에는 저항할 수 없는 것 두 가지가 있다. 신과 기자가 바로 그것이다.

다음 날, 우리 고장의 뉴스가 지역신문에 났다. 그렇게 해서 코프라 창고 같은 우리 학교가 유명해졌다. 전 지역에서, 사람들은 왕에게 도전장을 낼 정도로 용감한 어린 소녀와 열한 명의 학생

37장 • 왕에게 도전장을 낸 어린 소녀

을 극찬했다. 우리는 하루아침에 '귀감이 되는 영웅'의 반열에 올라섰다. 신문기사는 우리를 향한 엄청난 동정심을 불러일으켰다. 또한 온갖 종류의 여론이 들끓었는데, 이미 동네 찻집에서부터 조짐이 있었다.

순식간에, 물론 동네 찻집을 통해 이야기가 퍼져나갔다. 부 무스 선생님은 사실 자카르타의 명문대를 졸업한 정부 변호사인데, 무하마디아 마을학교 교사로 위장했다는 것이다. 소문에 의하면, 완벽한 위장을 위해 재봉사인 체했다는 것이었다. 또한 팍 하르판 교장선생님은 자전거 전문 교수로, 51년 동안 가난한 선생으로 위장한 것으로 밝혀졌다. 완벽한 위장을 위해, 자기 정원에 카사바를 심는 체했다는 것이다.

학생들은 사실은 부잣집 아들들이었다. 우리 부모들은 우리를 가난한 아이들로 변장시켰다. 전하는 바에 따르면, 우리는 벨리퉁 사람들에 대한 PN의 부당한 대우를 폭로하기 위해 이 모든 것을 꾸몄다는 것이다.

이야기가 꼬리에 꼬리를 물면서, 전에는 누구도 찾아온 적이 없는 우리 학교는 사람들로 발 디딜 틈이 없게 되었다.

정치인, 당원, 입법부 의원들이 차례로 찾아왔고, 고위 공직자들도 잇따라 왔다. 이들은 우리가 처한 곤경에 대해 갑작스레 아주 큰 관심을 보였다. 그동안, 이들은 분명 우리 학교 운동장을 지나쳐 갔었다. 큰길을 따라 자신들의 고급 사무실로……. 우리를 거들떠보지도 않았었다. 그런데 우리 학교가 마당 끝에 존재한다는 사실을 이제 막 발견한 듯했다.

뉴스, 우리 학교 밑에 묻혀 있는 엄청난 양의 주석, 그리고 가난한 사람들에게 관심을 갖는다는 이미지를 얻을 수 있는 기회는 이들의 눈멀었던 시절을 치유해주었다. 옛 말레이 속담에 이런 말이 있다. "꿀이 많으면 벌이 꼬인다." 너무나 많은 사람들이 우리 학교에 동정을 표했기에 정치인, 당원, 관료들이 갑작스레 우리 주변으로 몰려들었다.

우리를 대변해주고 우리를 위해 무료로 봉사해줄 준비가 된 사람들이 생겼다. 그리고 갑작스레, 모두가 너그러워졌다. 몇몇은 선생님이 수년 동안 무료로 봉사한 것에 대한 보답으로 부 무스 선생님에게 돈까지 주려고 했다. 이들은 우리 학교를 고칠 준비가 되어 있었다.

이 모든 것이 개인적인 것이었기에, 선생님은 이 모든 도움을 정중히 거절했다. 어떤 기관에서는 펌프를 기부하려 했는데, 선생님은 그 제안을 번번이 거부했다. 하지만 이들의 고집은 대단했다. 밤늦게, 우리 우물에 아무 허락도 없이 펌프를 설치해두었다. 펌프를 설치하고 나서는 펌프 근처에서 학교를 배경으로 기념사진을 찍기도 했다.

부 무스 선생님은 기자들과 많은 인터뷰를 했다. 심지어 나도 몇 번 인터뷰하고 사진도 찍었다. 질문을 받을 때마다, 나는 떨렸다. 나는 사람들이 무엇을 물을지, 내가 뭐라고 대답해야 할지 몰랐다. 중요한 것은 우리가 사진에 찍혔다는 사실이었다. 물론 사진 찍는 걸 제일 좋아한 사람은 하룬이었다. 매번 사진을 찍을 때마다, 하룬은 손가락 세 개를 들어 보였다.

그러는 동안, 쿠카이는 속으로 웃었다. 쿠카이는 자신의 정치적인 경력이 순조롭게 흘러가는 것에 한껏 부풀어 올랐다. 교활한 녀석이었을지는 몰라도, 이번에는 우리가 쿠카이에게 경의를 표해야 했다. 사람들의 관심은 아주 멀리까지 퍼져나갔고, 마침내 타이콩 씨를 당혹스럽게 만들었으니까.

타이콩 씨는 공사 책임자의 직속 상관으로, PN의 2인자였다. 그것은 대단한 서열이었다. 그처럼 높은 자리였기에, 사람들은 흔히 은퇴한 뒤에 *타이콩*이라는 타이틀을 즐겨 썼다. 예를 들어, 우리의 코란 공부 선생님은 타이콩 라작(Razak)이었다.

타이콩 씨는 자기 아랫사람들, 즉 조사팀장, 공사 감독관, 그리고 공사 책임자와는 다르게 말했다. 타이콩 씨는 교육을 아주 많이 받은 사람이었기에 명령이라든가 위협을 섣불리 사용하지 않았다.

"제가 PN에 도전하는 게 아닙니다. 저는 단지 이 학교를 위해 맞서 싸우는 게 아닙니다. 수천 명의 말레이 마을 아이들을 위한 것입니다."

부 무스 선생님이 말했다.

타이콩 씨가 고개를 끄덕였다.

"이 건물은 단순한 학교가 아닙니다. 이것은 상징이 되었어요. 가난한 사람들도 공부를 할 수 있다는 희망의 상징 말입니다. 만약 이 학교가 문을 닫으면, 마을 아이들은 영원히 후추농장, 코프라 공장, 망가진 배, 그리고 중국 상점에서 헤어나지 못할 겁니다. 아이들은 마을학교가 필요하다는 걸 믿지 않게 될 겁니다. 그리고 교육 그 자체에 대한 믿음도 포기할 겁니다."

타이콩 씨는 깜짝 놀란 얼굴로 선생님을 뚫어져라 바라보았다. 타이콩 씨는 자신이 결정권자라면, 자신은 당연히 건물 철거를 취소할 것이라고 말했다.

"하지만 결정권은 최고 경영진의 손에 있습니다, 선생."

우리는 타이콩 씨가 우리와 PN 총책임자와의 대화를 주선하겠노라고 말했을 때 환호했다. 우리 학교를 구할 수 있는 가능성은 아주 희박했지만, 적어도 우리의 의지로 PN 총책임자를 만나게 해달라는 요구는 이루어졌다.

지금 보니 천국이 우리 마을에 있네요

타이콩 씨의 도움으로, 부 무스 선생님의 편지에 마침내 PN의 비서가 답장을 보내왔다. 편지에는 PN 총책임자가 친절하게도 우리를 맞아준다는 내용이 적혀 있었다.

이 면담에 대한 이야기가 온 마을에 퍼져나갔다. 지금껏 한 번도 없던 일이었다. 많은 사람들은 부 무스 선생님을 만나러 와서는 우리를 대변해주겠다고 했다. 선생님은 거절했다. 우리하고만 그 면담에 가겠다고 했다.

우리한테는 응원단이 더 많이 생겼다. 그동안 가슴속에 묻어 두고 있던 PN에 대한 감정이 표면으로 끓어올랐다. 이런 반감이 의외로 많이 드러나 꽤 뜻밖이었다. 그 사람들은 우리를 걱정스러워했다. 우리의 노력이 실패할지라도, 그 선구적인 업적은 사람들의 눈을 뜨게 할 것이다. 그래서 제아무리 국영기업이라 해도 사람들을 함부로 다루어서는 안 된다는 걸 보여주어야 했다. 이제 부 무스 선생님보고 미쳤다고 했던 사람들은 그 말을 앞다투어 거두어들이려 했다. 이들은 선생님이 PN 총책임자의 편지를 직접 받으리라고는 결코 생각하지 못했었다.

우리는 면담을 준비했다. 선생님은 우리 정치가 쿠카이의 도움으로 멋진 연설을 준비했다. 그것은 다섯 쪽이나 되었다. 마을 회관에서 타자기를 빌려 사하라가 타이핑을 했다.

연설은 1945년 헌법 전문을 인용하는 것으로 시작했다. 벨리퉁에서의 이슬람 교육의 역사도 들어갔다. 더 이상 학교를 믿지 않았던 가난한 말레이 아이들의 이야기로 이어졌다가 이름 모를 영웅들의 교육을 위한 극적인 투쟁 이야기도 빼놓지 않았다. 팍 하르판 교장선생님과 그 밖의 개척자들 말이다. 그리고 우리가 따낸 위대한 트로피 두 개에 대해서도 곁들였다.

마지막으로, 쿠카이의 조언에 따라 선생님은 모든 시민은 교육받을 권리가 있다는 헌법 제33조를 인용했다. 이렇게 이어지니, 연설의 결론은 아주 간결했다.

그러니, 제발 우리 학교 문을 닫지 말아 주십시오.

예정대로, 우리는 사유지 정문 출입구 앞에 모였다. 우리는 집에 있는 옷 중 제일 좋은 옷으로 빼입었다. 그런데도 사흐단과 마하르의 옷에는 단추가 몇 개 떨어져 나가고, 린탕의 옷에는 과일을 먹다 흘린 얼룩이 덕지덕지 묻어 있었다. 난 종교의식 때나 입는 옷을 입었는데, 그건 작년 *아잔(azan)* 시합에서 3등 상품으로 받은 거였다. 사유지의 PN 중앙 사무실로 출발하기 전, 우리는 다 함께 기도를 했다. 기운이 나면서도 왠지 서글펐다.

보안요원이 문을 열더니 우리를 안으로 들어오게 했다.

우리는 사유지에 들어섰다. 그 다음에 일어난 일은 몇 년간 머릿속에서 지워지지 않았다. 우리는 옹기종기 모여 있었다. 한 발짝 앞으로 나가기도 두려웠다. 놀라서 자빠질 뻔했다. 지금껏 꿈꿔보지 못한 광경에 우리의 입은 떡 벌어졌다.

플로만 빼고 우리 모두는 사유지에 처음 들어와봤다. 이곳은 벨리퉁이 아닌 듯했다.

바로 곁에 있는 건물은 마치 성과 같았다. 그 성에서 기묘한 음악이 흘러나왔다. 지금은 그게 클래식 음악이었다는 걸 알고 있다. 이상야릇한 동물들이 마당을 어슬렁거렸다. 몇 달 뒤, 이 이상한 동물들의 이름을 상식백과사전에서 찾아보았다. 칠면조, 공작, 비둘기와 푸들이었다. 동물들은 마당을 마음대로 돌아다녔다. 아무도 이 동물에게 신경 쓰지 않았다.

이상하게 생긴 고양이도 몇 마리 있었다. 그렇게 생긴 고양이는 생전 처음 봤다. 동네 고양이들하고는 조금 달랐다. 우리 동네 고양이들은 언제나 무언가를 훔쳐 먹으려 안달이 났는데 여기 고양이는 우아하고 잘생긴 데다 음식을 찾아다니지 않았다. 꽤 배부른 표정이었다. 독자 여러분, 이 녀석들은 앙고라 고양이였다!

사유지 출신이었기에, 플로는 가이드가 되어주려 노력했다. 하지만 우리는 호화찬란한 주택에 너무 놀라 플로의 공허한 말에 아무런 관심도 기울이지 않았다.

"이 집들은 네덜란드 식민지 때 지은 거야. 건축양식은 빅토리아풍이지."

플로가 설명했다.

집 커튼은 폭이 넓고 주름이 층층 잡혔다. 정원이 우리 학교 운동장만 했다. 마당은 마닐라 잔디로 말끔하게 깔려 있었는데, 꼭 골프장 같았다. 공원하고 연못도 있었다. 가장자리에는 매혹적인 백합이 만발했다. 정말 아름다웠다.

"선생님, 지금 보니 천국이 우리 마을에 있네요."

사하라가 떨리는 목소리로 속삭였다.

선생님은 어디 있는지 잊은 듯 허둥거렸다. 선생님은 숨을 고르며, 목소리를 가다듬었다.

"얘들아, 잘될 거야!"

경비원이 사유지 복합건물 한가운데에 위치한 PN 중앙 사무실로 우리를 데려다주었다. 우리는 비서실로 안내받았다. 거기서, 부 무스 선생님은 PN 비서와 그곳 직원으로 일하는 옛 친구들을 만났다. 친구들은 선생님보다 훨씬 부티가 났다. 그들은 근사한 옷을 입고 있었고, 우리 선생님의 옷은 아주 소박했다.

사파리 재킷을 입은 남자가 나타나더니 우리에게 회의실로 들어오라고 했다. 회의실은 아주 고급스러웠다. 가구는 어마어마하고 으리으리했다. 거기 있는 것만으로도 우리는 주눅이 들었다. 잠시 뒤, PN 총책임자인 듯한 사람이 정장을 쫙 빼입은 남자 세 명과 함께 들어왔다. 권위가 철철 넘쳐흘렀다. 곁에 있는 사람들은 분주히 돌아다니며 시중을 들었다. 그중 한 명은 타이콩 씨였다.

PN 총책임자는 우리의 예상을 확 벗어났다. 우리는 그가 공사 감독관처럼 생겼을 거라고 추측했다. 우리를 윽박지르고 내모는 사람 말이다. 하지만 우리 앞에 서 있는 PN 총책임자는 완전 딴판이었다. 키가 아주 작고 얼굴은 말끔하고 아주 영리해 보였다. 그 나이 또래의 남자들처럼, 머리는 이미 하얗게 세고 숱이 없었다. 친근해 보이는 얼굴은 우리의 의견을 귀담아들으려 했다. PN 총책임자는 부 무스 선생님을 잠깐 쳐다보고는 미소 지었다.

여자 하나가 일어나 예의 바르게 이것저것 부 무스 선생님한테 말했다.

"이곳에 오신 용건을 말씀해주시겠어요?"

선생님은 머리 스카프를 매만지며 일어섰다. 그 다음에 일어난 일은 평생 잊지 못한다. 여러 번 시련을 겪었지만, 사마디쿤 씨와 공사 책임자한테 모진 협박을 당했지만, 선생님이 떠는 것을 본 것은 이번이 처음이었다. 선생님은 다섯 쪽짜리 준비한 연설문을 펼쳤다.

우리는 선생님이 말하기를 기다렸다. 떨리는 목소리로 연설을 시작해 헌법 전문, 교육을 위한 지칠 줄 모르는 투쟁, 외딴 마을 사람들의 교육의 상징으로서의 우리 학교, 가난한 말레이 아이들의 운명, 그리고 인권으로서의 교육까지. 우리는 한 마디 한 마디에 열렬한 박수갈채를 보낼 준비가 되었다. 하지만 선생님은 연설문을 쳐다보기만 할 뿐 잠잠했다. 그렇게 몇 분이 흘러갔다. 선생님은 원고를 읽지 못했다.

"말씀하시지요, 선생님."

그 여자가 말했다.

선생님은 아무것도 하지 않았다. 선생님은 이 다섯 쪽에 다 담아내지 못한 수천 가지를 말하고 싶은 사람처럼 보였다. 그런데 단 한 마디도 선생님의 입에서 나오지 않았다. 선생님의 옛 친구들은 선생님을 안타깝게 바라보았다.

"어서, 무스, 이번이 기회야. 말해!"

친구가 속삭였다.

선생님은 그래도 잠잠했다. PN 총책임자는 의아한 표정으로 선생님을 바라보았다.

"대표님이 너를 만나줄 기회는 두 번 다시 없어. 할 말 있다며? 얼른 해!"

또 다른 친구가 큰 소리로 재촉했다.

선생님은 눈길을 돌리지도 않았다. 우리는 서로 마주 보며 소곤거렸다. 도대체 선생님이 어떻게 된 거지? 무대 공포증이라도 있는 거야? 비서는 선생님이 꿀 먹은 벙어리가 된 것을 바라보며 실망한 채 탁자에 놓인 서류를 손가락으로 탁탁거렸다.

면담을 준비한 비서는 선생님의 친구들을 진정시키려 노력했다. 쿠카이는 초조한 표정이었다. 마치 선생님의 손에서 연설문을 확 낚아채고 싶은 것 같았다. PN 총책임자 앞에서 직접 연설하고 싶은 것인지도 몰랐다.

"왜 그러세요, 선생님?"

사하라가 속삭였다.

선생님은 침묵만을 지킬 뿐이었다. PN 총책임자가 말했다.

"말씀해보세요, 선생. 겁먹을 필요 없습니다. 말해보세요."

대답 대신, 선생님은 그저 PN 총책임자를 물끄러미 바라보기만 했다. 선생님의 눈이 보름달만 해지더니 몸을 부르르 떨었다. 선생님은 쥐고 있던 종이를 손으로 더욱더 단단히 거머쥐었다. 마치 무언가에 홀린 듯했다. 수년 동안 선생님과 함께 공부하면서, 우리는 본능으로 알 수 있었다. 선생님은 분명 곽 하르판 교장선생님을 떠올렸다. 선생님은 벨리퉁 무하마디아 학교 창설자들의 얼굴에 사로잡혔다. 그분들은 학교를 세웠다는 이유만으로 식민지 당국자들로부터 위협받고 감옥에 갇히고 고문당하고 추방당하고 내동댕이쳐지고 죽임을 당했다. 선생님은 스스로 학교를 지켜내야 한다는 생각이 끔찍했다. 어찌 됐든, 선생님은 식민지 당국에 대항하는 게 아니라 자기 나라 사람에게 대항하는 것이었다. 선생님의 눈에 눈물이 고였다. 그래도 울지 않으려 애썼다. 우리 앞에서 나약한 모습을 보이고 싶지 않았던 거다.

방 안은 고요했다. 선생님은 가방에서 손수건으로 둘둘 만 뭔가를 꺼내더니 PN 총책임자 앞으로 걸어가 그 꾸러미를 건넸다. 그러고는 자기 자리로 돌아왔다.

PN 총책임자는 그 꾸러미를 열어보았다. 그 안에는 분필상자가 있었다. PN 총책임자는 상자를 열어 분필 조각 몇 개를 꺼내

들었다. 선생님이 쓰던 분필이었다.

"고맙소, 선생."

PN 총책임자가 말했다.

우리는 방을 나왔다.

가난을 이용하는 사람들

우리는 빈손으로 집에 왔다. 임무는 실패했다. 선생님은 너무 여리고 감정적이어서 학교를 지켜내기 위한 연설을 하는 공식적인 자리에 설 수 없었다. 우리 역시 아무것도 할 수 없었다. 사유지 모습에 우리는 완전히 기가 죽고 사기는 바닥에 떨어졌다. 사유지와 PN은 너무 강력해서 감히 도전할 수 없다는 사람들의 말은 사실이었다.

운명을 받아들일 수밖에 없었다. 학교를 지켜내기 위해 그동안 했던 모든 일들, 감독관에 맞서고, 권위 있는 상을 따내려 물불을 가리지 않고, 왕에게 도전장을 던진 것은 모두 헛수고였다. 우리 학교는 지구상에서 사라지고 말 것이다. 우리는 가혹한 운명을 받아들여야 했다.

우리는 다음 화요일에 학교에 가서 남아 있는 우리의 소중한 트로피 두 개를 가져오기로 약속했다. 그건 우리의 유일한 귀중품이었다. 그건 우리에게만 소중한 것이었다. 우리는 또한 필리시움 나무 아래에서 작별인사를 하기로 했다. 너무나도 가혹했다.

화요일 아침 우리는 학교에 도착해 깜짝 놀랐다. 몇 달 동안 우리를 공포에 벌벌 떨게 했던 기계소리가 들리지 않았다. PN 일꾼이 일꾼 막사를 뜯어내고, 물류관리 팀이 철수준비를 하는 듯 짐을 꾸리고 있는 모습에 우리는 어안이 벙벙했다. 학교를 부수려 동쪽을 향하던 준설기가 지금은 북쪽을 향하고 있었다.

부 무스 선생님은 학교 운동장을 둘러보고는 사태를 곧 파악했다.

고급 승용차 한 대가 학교 운동장으로 스르르 굴러왔다. 한 남자가 차에서 내리더니 선생님한테 다가갔다. 타이콩 씨였다. 타이콩 씨는 웃으며 말했다. 타이콩 씨의 말을 듣고 우리는 모두 기뻐 날뛰었다.

"대표님이 준설기 지휘자에게 철수를 명령했습니다."

선생님은 할 말을 잃고 두 손을 꼭 모아 쥐었다. 선생님은 타이콩 씨에게 감사하다고 말하고 학교 뒤로 서둘러 갔다. 우리는 선생님을 따라갔다. 선생님은 학교 간판을 찾았다. 간판은 땅바닥에 떨어져 흙 속에 거꾸로 처박혀 있었다. 선생님은 머리 스카프 끝자락으로 간판을 닦아냈다. 마침내 글씨가 다시 보였다.

> 무하마디아 학교
> الأَمْرُ بِالمَعْرُوفِ وَالنَّهْيُ عَنِ المُنْكَرِ

닦고 또 닦아내니, 간판에 드리워 있던 흰색 햇살이 다시 한 번 빛났다. 낡아빠진 우리 학교는 죽음의 문턱에서 살아났다!

우리는 학교를 되찾을 수 있어 하늘을 날 듯 기뻤다. 선생님은 학교 운동장에 붉은빛과 흰빛의 깃발을 세웠다. 깃발이 바람과 먼지를 맞으며 당당하게 휘날렸다. 묵직한 기계소리가 학교 운동장을 떠나갔다. 우리는 열광적으로 춤추며 깃대 주위를 빙글빙글 맴돌았다.

선생님은 학교를 원상태로 돌리는 일을 우리에게 맡겼다. 우리는 지붕을 고치고, 벽에 널빤지를 다시 대고, 건물이 무너지지 않도록 나무를 가져다 지지대를 세웠다. 그리고 망가진 꽃밭을 다시 손보았다.

이상하게도, 준설기가 우리 학교를 무너뜨리지 않을 거라는 소식이 알려지고 난 뒤, 그동안 학교를 찾아왔던 정치인, 당원, 의원들의 발길이 뚝 끊어졌다. 이들의 앞 못 보는 병이 다시 도진 것이다. 사람들은 다시 무관심으로 돌아갔다.

심지어 아무런 허락 없이 물 펌프를 설치했던 기관에서 그 펌프를 되가져 가기까지 했다. 이번에도 역시 아무 허락도 없었다.

덕분에 나는 가난에 대한 매우 중요한 교훈을 얻었다. 가난은 상품이다. PN은 우리 학교에 대한 주석 강탈계획을 철회했다. 그렇다고 우리가 덜 가난해진 건 아니었다. 우리가 완전히 무너지지 않았으니, PN과는 더 이상 갈등도 없었다. 상황을 이용하라고, 가난한 사람들을 지켜냄으로써 유명세를 타고 PN을 협박할 수도 없었다. 누구도 가짜 영웅이 될 수 없었다. 이 사건을 통해 선거권을 얻어낼 수 있었던 것도 아니었다. 거기에는 모금 제안서에 첨부된 슬픈 사진도 없었다. 준설기가 되돌아가자 우리 학교의 가난이 지닌 시장가치는 곤두박질쳤다.

선생님과의 약속

아침부터 하늘이 꾸물거렸다. 이윽고 비가 억수같이 퍼부었다. 우리는 무엇이든 되는 대로 가져다 머리를 덮은 채, 흙탕물을 튀기며 물웅덩이로 가득 찬 길을 따라 학교를 향해 내달렸다.

열한 명의 학생 모두 교실에 와 있었지만, 부 무스 선생님은 아직 보이지 않았다. 빗줄기가 더욱 거세졌다. 천둥이 우르릉 쾅쾅거렸다. 우리는 발끝으로 서서 벽의 판자 사이 구멍으로 밖을 내다봤다. 우리는 선생님을 기다리며 걱정스러웠다. 다행히 그 순간 멀리서 선생님이 나타났다. 바나나 잎을 우산처럼 올려 쓴 채 폭우를 맞으며 잰걸음으로 학교 운동장을 가로질렀다. 선생님은 학교 운동장 북쪽 끝 경계 가얌 나무 아래에서 잠시 발걸음을 멈추었다.

우리는 유심히 선생님을 지켜보았다. 아무도 말이 없었다. 하지만 모두가 나처럼 코끝이 찡해오고 있다는 걸 알았다. 안타까움과 자부심과 존경심이 뒤섞인 감정………

가냘프고, 힘없어 보이는 어린 소녀가 줄줄이 닥치는 문제를 이겨냈다. 하지만 소녀가 얼마나 강인한지 보라!

선생님은 갈라진 벽 틈에 우리가 나란히 줄지어 서 있는 걸 보았다. 선생님은 흠뻑 젖었지만 태평하게 웃었다. 자기 학생들에게 얼른 건너가고 싶었다. 우리는, 선생님에게는 우리가 가장 소중한 말레이 아이들이라는 걸 느꼈다. 늘 그랬듯이. 선생님은 우리 중 하나도 잃지 않으려 했다. 선생님 역시 우리 영혼의 절반과도 같은 존재였다. 신이 우리에게 부 무스 선생님 같은 분을 보내주었으니 우리는 모두 행운아였다. 선생님의 헌신은 이루 말로 다 표현할 수 없었다. 선생님이 바나나 잎을 우산처럼 쓰고 학교 운동장을 걸어올 때, 나는 나중에 어른이 되면 선생님에 대한 책을 쓰겠노라고 가슴속 깊이 새겨두었다.

선생님은 재빨리 우리 사기를 올려주었다. 학교는 다시 본래의 모습을 되찾았다. 침착하게 행동했으며, 즐겁게 배우고 겸손했다. 가난했지만 마음은 평안했다.

미처 깨닫기도 전에 성적표 받는 날이 다시 돌아왔다. 그날은 신나는 날이었다. 부모님들이 학교에 오는 날이기 때문이었다. 성적표를 받고 나면, 이제 마지막 시험이 우리를 기다릴 것이다. 5점보다 높으면 파란색 표시, 5점 이하를 받으면 빨간색 표시를 받게 된다. 만약 빨간색 표시를 세 개 이상 받으면, 중학교에 갈 시험을 치를 수가 없다.

물론 1등은 린탕에게 돌아갔다. 나는 2등을 되찾았다. 하룬은 3점 말고 다른 점수는 기뻐하지 않았다. 그래서 자기 성적표에 전 과목 다 3점을 달라고 선생님에게 부탁했다. 하룬은 3이라는 숫자가 줄지어 서 있는 모습에 껄껄 웃음을 터트렸다. 하룬은 행복했다. 비록 뒤에서 네 번째 성적을 얻었다 할지라도 말이다.

그리고 반장으로서의 자신의 정치적 경력에서 처음으로 쿠카이가 자신의 잘못을 인정했다. 우리는 방과 후에 줄곧 아르바이트를 해왔지만, 쿠카이는 무지개 분대의 대원들에게 학교를 그만두고 아예 돈을 벌라고 꼬드겼었다. 그래서 아주 점잖게, 쿠카이는 자기가 무하마디아 윤리에서 받은 점수를 2점 깎아달라고 선생님에게 부탁했다. 쿠카이의 점수는 처음부터 썩 좋지 않았기에, 그렇게 점수를 더 깎고 나자 하룬보다 낮은 등수로 곤두박질치고 말았다.

선생님은 하룬과 쿠카이에 대해 그다지 놀라지 않았다. 하지

40장 • 선생님과의 약속

만 점수가 가장 낮은 한 쌍의 이름 때문에 골치가 지끈거렸다. 이 두 녀석이 공부에 흥미를 잃었다는 게 선생님은 가장 힘들었다. 녀석들은 초자연적인 것에 심취해 있었기 때문이었다. 이것은 무하마디아와 전체 이슬람교도에 대한 심각한 위반이었다. 이런 위반이 이슬람 학교에서 발생했다는 점이 상황을 더욱 악화시켰다. 이 기가 막힌 두 주인공은 바로 마하르와 플로였다.

그 두 사람이 자신들이 만든 비밀조직 *림파이 유령클럽*의 만족감에 빠지면 빠질수록, 플로와 마하르의 점수는 스카이다이버처럼 잽싸게 곤두박질쳤다. 빨간색 숫자가 두 사람 성적표에 줄지어 섰다. 농업지식, 기능, 예절, 인도네시아어에서만 파란색을 받았다. 그래도 그건 봐줄 만했다. 플로의 점수는 최악이었다. 수학, 영어, 과학에서, 백조(2점)가 둥둥 떠다녔다. 2점이 세 개나 되었던 것이다. 플로의 점수는 하룬보다 더 나빴다.

마하르와 플로는 아주 심각한 상황에 처했다. 그 아이들이 반 평균을 떨어뜨릴 게 틀림없었다. 둘은 이미 세 번의 경고를 받았다. 이런 걱정스러운 문제 때문에, 플로의 아버지는 딸을 다시 PN 학교로 데려오기 위해 PN 학교 교장선생님과 비밀스럽게 공모했다. PN 교장선생님은 플로가 자랑스러울 정도의 점수를 받게 될 것이라고 약속했다. 플로를 유혹하기 위해, 교장선생님은 PN의 젊은 꽃미남 선생을 플로에게 접근하도록 보냈다.

그날 저녁, 우리는 축구시합을 보고 나서 집으로 가는 길에 시장을 지나쳤다. PN 교장과 그 꽃미남 선생은 쇼핑을 하고 있었다. 플로는 교장선생님한테 다가갔다. 대결을 하려는 카우보이 같았다.

"제 이름은 플로, 플로리나입니다. 선생님."

플로가 교장선생님을 맞았다. 꽃미남 선생은 공손하게 고개를 끄덕이며 살인 미소를 날렸다.

"이 남자한테 제가 결코 부 무스 선생님과 무하마디아 학교를 떠나지 않을 것이라고 말해주세요."

그렇게 플로는 떠났다. PN 교장선생님과 꽃미남 선생은 머리를 긁적이며 그대로 있었다. 플로를 유혹해 PN 학교로 데려오겠다는 생각은 다시 꺼내지도 못했다.

플로와 마하르는 자기들이 처한 이 위기를 어떻게 타개할 것인지 머리를 굴렸다. 둘은 딜레마에 빠졌다. 학교에 계속 다니고 싶었지만 여전히 유령의 세계에 흠뻑 빠져 있었다.

느닷없이, 마하르가 말도 안 되는 소리를 했다. 플로와 마하르는 자기들이 잘 아는 방법을 써볼 요량이었다. 즉, 샤머니즘적인 지름길 말이다. 독특하고, 우스꽝스럽고, 위험부담이 높은 방법이었다.

마하르, 그리고 나중에 플로는 초자연적인 힘이 곤두박질치는 학교 성적에 마법과도 같은 해법을 안겨줄 수 있다는 것을 깨달았다. 그리고 자기들을 도와줄 바로 그 힘을 이용할 수 있는 능력을 가지고 있는 사람이 누군지 알고 있었다. 그 사람은 플로가 셀루마 산에서 길을 잃었을 때 그 길을 보여주어 자신의 힘을 증명했다. 물론, 이 전지전능한 사람, 반은 인간이고 반은 유령인 사람은 다름 아닌 툭 바얀 툴라였다.

플로와 마하르의 말에 의할 것 같으면, 학교 성적문제는 샤면의 왕에게는 게임도 안 되는 식은 죽 먹기였다. 그 아이들은 반인간 반유령의 존재가 6점을 9점으로, 4점을 8점으로, 붉은색 표시는 파란색 표시로 쉽게 바꿀 수 있다고 믿었다.

아주 간단한 계획을 짜더니, 녀석들은 낄낄거리며 좋다고 날뛰었다. 선생님한테 꾸중을 들으며 얼굴에 드리웠던 어두운 그림자는 어느새 말끔히 사라졌다. 교실에서, 녀석들은 마음이 들떠 굳이 공부하려 들지 않았다.

유령클럽 회원 모두가 해적섬에 살고 있는 주술사를 찾아가겠다는 아이디어를 열렬히 환영했다. 그들 역시 아주 오랫동안 우상이었던 그 주술사를 찾아가고 싶어 했으니까. 하지만 찾아간다는 것은 간단한 일이 아니었다. 위험을 무릅써야 했다. 만약

툭 바얀 툴라가 허락하지 않으면, 방문객들은 다시 집으로 돌아올 수도 없다. 하지만 그들은 주술사의 얼굴을 단 한 번만이라도 볼 수 있다면 어떤 위험이라도 감수할 태세였다.

유령클럽의 초자연적인 활동에서 해적섬 항해는 가장 중요한 일이었다. 그런데 돈이 많이 들었다. 적어도 40마력 엔진 배를 빌리고 노련한 선장을 구해야 했다. 사롱 사람인 선장이 비용을 비싸게 불렀다. 선장은 경험이 풍부한 데다, 주술사의 명성을 익히 알고 있었던 터라 개죽음을 당하고 싶지 않았던 것이다.

유령클럽 회원들 모두 돈을 모으려 노력했다. 마하르는 할아버지한테서 물려받은 자전거를 전당포에 맡겼다. 플로는 어머니가 준 금목걸이와 팔찌를 팔았다. 모기 방역사 아저씨는 자신의 재산목록 1호인 필립스 트랜지스터라디오를 팔았다. 또한 멀리 탄중판단까지 가서 모기약 뿌리는 일도 마다하지 않았다. 심지어 모기뿐만이 아니라 쥐, 도마뱀, 개미 따위를 잡는 일까지 했다. 아저씨는 해충을 잡을 만반의 준비를 갖추었다. 실업자는 넝마를 주워 팔아 돈을 마련했다. 전기 기술자를 그만둔 사람은 자기 아버지한테서 돈을 빌렸다. 고독한 전자오르간 연주자는 생계수단인 전자오르간을 전당포에 맡겼다. 중국인 금도금 기술자는 울부짖는 자식들을 앞에 두고 돼지저금통을 깼다. 은행원은 한밤중까지 야근을 했다. 전직 항해사는 유리 장식장을 전당포에 맡겼는데, 그걸 옮기느라 네 사람이 낑낑댔다. 덕분에 부인과 대판 싸웠단다. 나는 우체국장의 일을 도와주었다.

출발하는 날을 기다리며 우리의 가슴은 쿵쾅거렸다. 모은 돈을 탁자 위에 모두 올려놓고 보니 150만 루피아였다. 정말 놀랍지 않은가! 대부분 동전 더미라 쨍그랑쨍그랑 요란스러웠다.

평생 그렇게 많은 돈은 처음이라 나는 가슴이 벌렁거렸다. 뿐만 아니라, 비서인 내가 그 돈을 맡아두어야 했다. 돈을 어루만지며 부자가 된 느낌에 나는 깜짝 놀랐다. 엄마 뱃속부터 줄곧 가난했던 사람에게는 약간은 두려운 느낌이었다.

나는 조심스럽게 돈을 주머니에 넣고 하나라도 흘리지 않게 조심조심했다. 갑작스레 주위 모두가 도둑놈처럼 보였다. 사실, 돈은 그렇게 잔인할 때가 있다.

다음 날 저녁, 우리는 출발했다. 많은 어부들이 폭풍의 계절이 다가와서 해적섬에 가는 것은 미친 짓이라고 경고했다. 하지만 우리는 물러서지 않았다. 주술사의 초자연적인 힘의 매력은 매우 강력했다. 학교 성적문제를 해결하려는 플로와 마하르의 결심도 확고했다. 그러나 바다 한가운데에 죽음이 도사리고 있다는 사실을 우리는 깨닫지 못하고 있었다.

해적섬

 토요일 오후 4시, 우리는 해적섬을 향해 출발했다.
 처음에는 무척 신났다. 돌고래가 뱃머리를 뒤쫓고 태양이 밝게 빛났다. 하지만 얼마 지나지 않아 *저녁기도* 시간이 되어갈 즈음, 배가 이리저리 출렁이기 시작했다. 파도가 점점 거세졌다. 시간이 지날수록, 배는 더욱더 미쳐 날뛰었다.
 잔잔하던 바다가 끔찍한 돌풍으로 급변해버렸다. 시커먼 먹구름이 배를 집어 삼킬 듯 다가왔다. 번갯불이 연신 내리쳤다.
 선장은 배를 돌리려 해보았지만 40마력짜리 엔진으로는 역부족이었다. 선장은 파도와 맞서 싸우다가는 배가 뒤집어질지도 모른다며 겁을 더럭 냈다. 파도가 미쳐 날뛰었다.
 우리는 곧 위험한 상황에 이르렀다는 것을 깨달았다. 진짜 폭풍은 아직 시작도 하지 않았는데 집채만 한 파도가 몰려왔다. 우리는 돛대 주변에 모여 있었다. 손에 닥치는 대로 아무거나 꽉 잡으려 애썼다. 모두 사색이 되어 있었다.

평화롭던 항해가 눈 깜짝할 새에 생존투쟁의 장으로 변해버렸다. 나는 이들 *유령클럽*과 함께 자기 목숨 하나 돌보지 못하는 주술사를 만나겠다고 이 탐사에 따라나선 게 후회막급이었다. 칠흑 같은 수면을 멍하니 바라보았다. 그 아래 무엇이 있는지 상상할 수조차 없었다. 낯선 어둠의 세계로 가라앉는 것이 두려웠다.

우리는 무기력했다. 거인의 손 안에서 이리저리 굴러다니는 느낌이었다. 폭풍 속에 내던져진 듯했다. 순간 폭풍이 배를 난폭하게 내리쳤다. 소용돌이가 휘몰아치자 배는 팽이처럼 빙글빙글 돌았다. 우리는 모두 갑판으로 떼구르르 굴렀다. 선장은 재빨리 움직였다. 바람에 찢긴 돛을 끌어내리고, 짐칸을 닫고, 날카로운 물건을 치우고, 엔진을 껐다. 선장은 우리 몸을 돛대에 묶으라고 했다. 우리는 허리에 로프를 칭칭 감아 돛대에 몸을 묶었다. 그래야 바다로 떨어져 나가지 않을 테니까.

선장의 얼굴에서 조금의 희망도 보이지 않았다. 선장도 자기 몸을 돛대에 묶었다. 만약 물에 빠지면, 우리 몸은 마치 문어 촉수처럼 로프에 대롱대롱 매달린 채 바닥에 가라앉을 것이다.

파도는 가라앉을 줄 몰랐다. 사실, 더욱 거세졌다. 배가 가라앉기를 기다리는 것 말고는 달리 할 일이 없었다.

 마침내 두려워하던 순간이 도래했다. 저 멀리 어마어마하게 커다란 파도가 밀려오는 모습이 보였다. 우리는 두려움에 벌벌 떨었다. 가공할 만한 파도가 배에 부딪히며 우리 몸을 묶은 돛대를 두 동강 내고 말았다. 부서진 조각 하나가 배의 몸체를 내리치고, 배에 구멍이 나 물이 새기 시작했다.

 돛을 잡고 있던 모기 방역사 아저씨, 마하르, 그리고 중국인 남자가 파편에 부딪혀 갑판으로 나뒹굴었다. 꽉 붙들지 않았다면 아마 바다 괴물의 먹이가 되었을 것이다. 세 사람은 무서워 고래고래 고함을 질러대며, 공포에 사로잡혀 어쩔 줄 몰라 했다. 이제 우리는 끝났다고, 상어 떼가 먹이를 집어삼키고 나면 바다가 곧 붉게 물들 것이라고 생각했다. 그런 절체절명의 순간, 누군가 외치는 소리가 희미하게 들려왔다. 은퇴한 항해사가 예배시간이 되었다고 목청껏 외치고 있었다. 기도시간을 알리는 아잔 소리가 계속해서 들려왔다. 우리가 아무렇게나 이리저리 난폭하게 떠밀리고, 바닷물이 갑판을 가득 채우기 시작하는 와중에 말이다. 하지만 점차, 배의 요동은 마법과 같이 가라앉았다.

 전직 항해사가 아잔을 반복해서 되풀이했다. 아잔이 울려 퍼지며 큰 파도는 조금씩 진정되었다. 순식간에 끔찍한 파도는 가라앉고 검은 구름에 빨려 들어갔다. 우리는 갑작스러운 변화에 넋을 잃었다. 광포한 파도는 유순해지고 잠시 뒤 바람도 잠잠해졌다. 마치 누군가 선풍기를 딱 끄기라도 한 것 같았다. 생명을 위협하던 폭풍은 아무 일 없었다는 듯 자취를 감추었다. 사롱 사람들한테서 그 이야기를 가끔 들은 적이 있다. 바다에서 곤란한 상황에 빠져 어찌할 도리가 없을 때, 마지막 수단으로 아잔을 외쳐 신에게 도움을 청하라고. 그 말은 진실이었다.

밤이 찾아들었다.

선장은 보름달처럼 둥근 달과 하늘에서 밝게 빛나고 있는 별자리를 읽었다. 선장은 엔진의 시동을 켰다. 배가 다시 항해에 나섰다.

머지않아, 선장은 엔진을 끄고 전문가다운 눈으로 배 밖을 살폈다. 검은 그림자가 우리 앞에 나타났다. 안개에 덮여 흐릿했다. 우리는 걱정스러웠다. 또 다른 위험이 우리 앞에 닥칠지 모른다는 예감으로 불안했다. 어쩌면 해적, 커다란 동물, 아니면 또 다른 폭풍일지도. 갑작스레 선장이 손가락으로 무언가를 가리키며 쉰 목소리로 외쳤다.

"해적섬이다!"

해적섬은 홀로 서 있었다. 바다에 둘러싸인 낯설고 이질적인 물체처럼. 해적섬은 방문객 따위는 필요치 않는 것처럼 보였다. 기다란 들개 울음소리가 들려왔다. 섬에 출몰하는 유령들을 향해 충성을 맹세하는 듯했다.

섬은 신비주의를 발산하며 공동묘지 냄새를 풍겼다. 신에 대한 배교(背敎), 배신, 반란 말이다. 희생된 동물들의 비명이 들렸다. 누구나 피 냄새를 맡을 수 있었다. 시체 썩는 냄새, 악마를 부르는 향기가 공기 중에 남아 흘렀다.

한밤중의 정적 속에 울부짖는 들개의 모습은 보이지 않았다. 때로 그 소리는 징징대는 갓난아이의 울음 같기도 했다. 나이 많은 노파가 지옥의 불길에 빠질 때 자비를 베풀어달라고 외치는 소리 같기도 했다. 이런 소리에 우리의 사기는 바닥으로 떨어졌다. 주술사의 최면술이 지닌 힘은 엄청났다. 그 순간, 그 주술사가 어디에 있든 진짜 막강한 주술사라는 사실을 인정하지 않을 수 없었다.

우리는 배에서 내려 길을 따라 동굴 입구를 향했다. 동굴 입구에 보니 야자수 잎이 우리 각자 앞에 놓여 있었다. 우리는 죽음의 환대를 받고, 죽을 각오를 해야 했다.

동굴 안에서 하늘하늘한 천 조각이 커튼처럼 흔들리는 게 보였다. 천천히, 불타는 젖은 나무에서 솔솔 부는 연기처럼, 키 큰 남자가 나왔다. 그 사람은 땅을 밟지도 않고 움직였다. 세상 사람 모두가 마법은 말도 안 된다고 하지만, 나는 내 두 눈으로 직접 공중에 떠다니는 인간을 보았다. 무중력의 물체처럼 이리저리 움직이는 인간을……. 그 사람은 마법의 힘이 있었다. 말레이인 모두가 두려워하는 존재였다. 바다를 건너는 마법을 부릴 줄 아는 세상에 하나밖에 없는 인간이었다. 반은 인간이고 반은 유령. 그가 바로 툭 바얀 툴라였다.

툭 바얀 툴라는 우리로부터 2미터 떨어진 곳에 있었다. 우리는 얌전하게 그 주위에 섰다. 검은 천이 주술사의 몸을 감쌌다. 갈색에 희끗희끗한 머리칼, 코밑수염, 그리고 턱수염이 제멋대로 길게 자랐다. 광대뼈가 툭 튀어나와 극악무도한 짓도 서슴지 않을 더러운 인상이었다. 눈썹은 짙고 눈에서 멀찌감치 붙어 있었는데, 주술사는 그 누구도, 신도 두려워하지 않는다는 인상을 풍겼다. 가장 눈에 띄는 건 두 눈이었다. 곰의 눈동자처럼 이글거리며 칠흑처럼 검었다.

귀신같은 주술사는 친근감이라고는 손톱만큼도 보이지 않았다. 마하르는 마법에 걸린 듯 멍하니 서서 주술사를 넋 놓고 바라보았다. 앞으로 다가갈 용기조차 없었다. 플로는 마하르 곁으로 바투 다가가 손을 잡아당겼다. 이 맹랑한 소녀는 아무 거리낌 없이 마하르를 주술사 쪽으로 끌고 갔다.

떠듬떠듬, 마하르는 주술사에게 속삭였다. 그러나 주술사는 관심조차 기울이지 않았다. 저 멀리 달빛 아래 어른거리는 바다를 응시할 뿐이었다. 마하르는 들리지도 않는 목소리로 우리가 주술사를 만나러 오는 길에 겪었던 죽을 고비를 말해주었다.

"…… 폭풍 …… 어마어마한 바람 …… 망가진 돛대 …… 아잔 ……."

주술사는 관심 없다는 듯 잠자코 듣기만 했다. 마하르는 계속해서 우리가 왜 왔는지 지껄였다.

"플로하고 저는 …… 학교에서 쫓겨날지도 몰라요. …… 이미 경고를 세 번이나 먹었거든요. 빨간색 표시 말이에요. …… 그래서 이렇게 도움을 청하려고 왔어요. 우리가 시험에 통과할 수 있도록 도와주세요."

불쑥, 주술사가 마하르와 플로를 향해 돌아섰다. 말썽꾸러기 꼬마들은 얼굴이 백짓장처럼 새하얗게 변했다. 주술사는 마하르의 어깨를 토닥이며 고개를 저었다. 마하르의 얼굴이 밝아졌다. 유령클럽 회원들은 퍽 자랑스러운 표정이었다. 막강한 힘을 지닌 주술사가 자기 대장에게 손을 댔으니 말이다. 늘 가슴속에 품었던 주술사에게 마하르는 자신이 무엇을 해야 할지 알았다. 마하르는 종잇조각과 연필을 후다닥 꺼내 주술사에게 존경의 뜻을 담아 건넸다. 주술사는 종잇조각을 받아들고는 눈 깜짝할 사이에 동굴로 들어갔다.

그 다음에 일어난 일은 정말이지 이상야릇했다. 안쪽에서 큰 목소리로 뭐라 떠들어대는 소리가 들렸다. 마치 여러 명이 싸우고 있는 것 같았다. 우리는 가까이 모여, 눈에 보이지 않는 동물의 으르렁거림에 몸을 부들부들 떨었다.

주술사가 안에서 악마와 싸우고 있는 게 분명했다. 마하르의 부탁을 들어주려면 수천 명의 귀신과 싸워야 하나 보다. 마하르의 얼굴에는 후회의 흔적이 역력했다. 학교시험에 통과하게 해달라는 자신의 부탁 때문에 자기가 사랑하는 우상이 죽어간다는 생각을 하니 도저히 견딜 수 없었다.

동굴 안에서 야생의 생명체들이 싸우고 있었기에, 그 먼지가 동굴 밖까지 폴폴 흘러나왔다. 싸움은 여전히 격렬했다. 마침내 패배의 비명이 들려왔다. 수십 개의 그림자 같은 형상이 나타났다. 마치 검은 천을 뒤집어쓴 시체 같았는데, 이윽고 동굴 밖으로 날아가버렸다. 상티기 나무 꼭대기를 지나 바다 위로 사라졌다.

주술사는 엉망진창인 몸으로 동굴 밖으로 나왔다. 몸에 걸치고 있던 천은 갈기갈기 찢기고 얼굴은 엉망이었다. 그렇게나 막강한 능력의 사람이 이렇게 비틀거리는 모습을 보니 두려웠다. 주술사는 학교에서 쫓겨나지 않도록 도와달라는 플로와 마하르의 요구를 들어주기 위해 자신의 영혼을 걸었다.

주술사는 돌돌 만 종이를 들어올렸다. 자신의 명령을 큰 소리로 말하면서. 마치 이렇게 말하는 것 같았다.

이걸 보라, 쓸모없는 어린 벌레들. 어느 누구도, 평범한 머리로 나하고 맞설 수는 없다. 나는 악마를 물리쳤다. 저 깊은 지옥에서부터. 자연의 법칙을 무시하는 기적을 위해서. 너희 시험성적은 너희를 어둠에서 구하기 위해 바뀔 것이다. 자부심을 가져라. 너희들은 용감한 젊은이들이다. 죽음에 맞서 나를 만나러 왔으니.

주술사는 종이 두루마리를 넘겼다. 마하르는 걸신들린 거지가 음식을 받아먹듯 그것을 양손으로 움켜잡았다. 플로, 마하르, 그리고 유령클럽 회원들 모두 주술사에게 고개 숙여 인사했다. 나는 고개 숙이고 싶지 않았다. 때문에 마하르는 나를 조금 불쾌하게 여겼다.

마하르는 그 종이 두루마리를 배드민턴 셔틀콕을 담아두는 낡은 원통에 넣고는 그 통을 재킷에 넣었다.

주술사는 돌아가서 그 메시지를 열어봐야 한다고 했다. 그러고는 우리 배를 손으로 가리켰다. 우리는 움직여야 했다. 주술사는 번개처럼 빠르게, 바람처럼 소리 없이 사라졌다. 동굴 속으로, 어둠과 향 연기가 삼키기라도 한 것처럼 사라져버렸다.

우리는 배로 뛰어갔다. 선장은 즉시 시동을 걸고, 우리는 출발했다. 3일 뒤, 수업이 끝나고 필리시움 나무 아래에서 그 메시지를 열어보기로 했다.

주술사의 메시지

별일이다. 대낮에 많은 사람들이 학교 운동장에 모였다. 무지개 분대 대원 모두 거기에 있었다. *림파이 유령클럽* 회원도 모두 모였다. 예전에 플로를 찾을 실마리를 얻으러 해적섬으로 갔던 수색대도 거기 있었다.

마하르는 선장, 동네 찻집 수다쟁이들, 우체국장, 뱃사람들, 그리고 초자연적 현상에 대한 아마추어 전문가들도 몇 명 초대했다. 모두가 해적섬에서 가져온 메시지를 개봉하는 자리에 있다는 것에 흥분했다.

마하르가 탄중판단의 신문사에서 일하는 기자들을 불러달라고 쿠카이에게 특별히 부탁을 했다. 준설기의 위협이 한창일 때 우리에게 도움을 주었던 바로 그 기자들 말이다. 전지전능한 주술사 툭 바얀 툴라를 만나고 온 해적섬 탐험은 플로와 마하르에게 대대적인 사건이었다. 그래서 모든 벨리퉁 사람들과 그 경험을 공유하고 싶었다. 많은 사람들이 해적섬 탐험에 나섰지만 아무도 성공하지 못했다. 주술사한테서 쫓겨나거나 아니면 바다에서 실종되었다.

쿠카이는 마하르의 부탁을 기자들에게 전달했지만, 기자들이란 원래 이성적인 사람들이어서 플로와 마하르의 샤머니즘적인 행동에 끼고 싶어 하지 않았다.

해적섬을 무사히 다녀온 *유령클럽*의 성공 스토리, 그리고 주술사가 건넨 메시지를 갖고 돌아왔다는 소식은 순식간에 온 마을로 퍼졌다. 덕분에 *유령클럽*의 명성도 순식간에 드높아졌다. 실행 불가능한 탐사를 성공적으로 해냈기에, 사람들은 더 이상 *유령클럽*을 욕하지 않았다. 시간이나 축내는 어리석은 집단이 아니라 존경받는 엘리트 집단으로 삽시간에 뛰어올랐다. 그래서 그날 오후 그렇게나 많은 사람들이 학교 운동장에 모였던 것이다. 사람들은 주술적인 성취를 이룬 마하르를 축하하고, 반은 인간이고 반은 유령인 주술사에 대한 궁금한 이야기를 듣고 싶어 했다. 그리고 주술사가 곤란한 처지에 빠진 학생들을 시험에 통과시키기 위해 대체 어떤 마법 처방전을 주었는지 두 눈으로 직접 확인하고 싶어 했다.

재미난 사실은, 유령클럽의 성공으로 인해 사람들은 유령조직의 신입회원이 되는 데 관심을 표출하게 되었다는 거였다. 사람들은 마하르를 차기 주술사로, 플로를 새로운 영감을 받은 주술사로 여겼다. 사람들은 마하르의 기이한 생각을 바꾸려 했던 건전한 사고를 기꺼이 포기하려고 했다. 유령클럽의 비서인 나는 신입회원들의 이름을 적느라 눈코 뜰 새 없이 바빴다.

플로와 마하르는 부 무스 선생님이 퇴근할 때까지 참을성 있게 기다렸다. 선생님이 이 사실을 알면 분명 메시지를 열지 못하도록 할 게 뻔했다.

선생님이 학교를 떠난 뒤, 플로와 마하르는 뿌듯한 표정으로 교실을 나왔다. 모두가 이들의 경쾌한 발걸음을 쫓아 필리시움 나무로 향했다.

플로와 마하르의 얼굴은 기쁨으로 빛났다. 자신들을 괴롭혔던 비참한 성적의 부담이 곧 가벼워질 테니까. 둘은 주술사가 예전에 플로의 목숨을 구해주었던 것처럼 자신들의 미래를 구원해줄 것으로 확신했다.

마하르는 자리를 잡고 나무의 툭 튀어나온 뿌리 위에 섰다. 거기가 가장 높은 곳이었다. 그곳은 추종자들이 마하르를 위해 마련해둔 장소였다. 그러니 마치 연단 위에 선 것 같았다. 마하르는 무게를 잡고 근엄하게 자리에서 일어섰다. 마하르의 눈은 모두를 빨아들였다.

평상시처럼, 마하르는 의식을 행하기에 앞서 연설을 했다. 사실, 마하르는 연설 중독자였다. 마하르는 자신과 플로의 교육 보험이 든 배드민턴 셔틀콕 통을 쓰다듬었다.

"미래는 용기 있는 자의 것입니다!"

마하르의 목소리가 쩌렁쩌렁 울려 퍼졌다.

박수가 쏟아졌다. 가장 큰 박수갈채를 보낸 것은 다름 아닌 *유령클럽* 회원들이었다. 위대한 연설의 시작을 열렬히 환영했다.

"우리는 귀중품들을 팔고, 주술사가 지구상에서 우리를 추방할지도 모를 위험을 감수했습니다. 하지만 결국, *림파이 유령클럽*이 바보가 아니라는 걸 증명해냈습니다!"

유령클럽 회원들은 스스로에게, 그리고 특히 자신들의 대장인 마하르에게 대견하다는 듯 고개를 끄덕였다.

"우리는 바다를 정복했습니다. 물에 빠져 죽을 뻔했으나 항해사 아저씨의 아잔 덕분에 살아났습니다."

전직 항해사는 대장이 자신을 칭찬하는 소리를 들으니 흐뭇했다. 비록 마누라가 유리 장식장을 판 것 때문에 아직까지도 바가지를 긁고 있었지만 말이다. 항해사는 가슴에 손을 모은 채 일본

인처럼 고개를 연신 끄덕여 인사했다.

"우리는 주술사와 유령들과의 목숨을 건 싸움을 직접 두 눈으로 목격했습니다. 이 메시지를 위해서 말입니다! 유령클럽의 대장으로서, 나는 주술사 툭 바얀 툴라를 가슴 깊이 존경합니다!"

그러고 나서 마하르는 재미있지만 짜증나는 예의 그 독특한 몸동작을 취했다.

"초심리학, 형이상학, 그리고 초자연적인 것. 이것은 어떤 영역에서든 유용한 것으로 증명되었습니다!"

그러더니 같은 반 친구인 우리를 가리켰다.

"어이, 거기 너희들! 너희들은 책을 읽을 수 있어. 그러다 눈알이 빠지겠지. 너희들은 공부할 수 있어. 그러다 포기하겠지. 하지만 주술사는 나와 플로를 너희들보다 더 똑똑하게 만들어줄 거야. 우리는 진학할 수 있어. 더 도달할 곳이 없는 곳까지!"

웃음을 참느라 배꼽이 빠져나갈 지경이었다. 하지만 마하르가 대단한 웅변가라는 점에서는 놀라움을 금치 못했다. 마하르의 연설은 우리 정치인 쿠카이 것보다 훨씬 더 멋졌다. 교육부 장관의 연설보다 더 훌륭했다.

마침내 기대하고 고대하던 순간이 다가왔다.

마하르는 봉인된 셔틀콕 통을 열었다. 순간 얼굴은 상기된 채 바짝 긴장했다. 마하르는 곧 엄격한 교육 식민지로부터의 자신과 플로의 독립선언을 낭독할 것이다. 아주 조심스럽게, 마하르는 종이 두루마리를 통에서 꺼냈다.

마하르는 곧장 펼치지는 않았다. 무게를 꽉 잡고 먼저 연설을 마쳤다.

"이것은 *림파이 유령클럽* 최고의 영광입니다."

모두가 이 세상에서 가장 막강한 주술사가 보낸 그 마법의 말을 알고 싶어 안달이 났다. 사람들의 가슴은 두근거렸다. 모두가 마하르 곁으로 다가왔다. 가까이 올 수 없는 사람들은 나지막한 필리시움 나뭇가지 위로 올라섰다. 마하르가 메시지를 읽는 순간을 직접 목격하고 싶었기 때문이었다. 플로의 얼굴은 흥분을 감추느라 붉게 물들었다. 플로는 이 신나는 경이로움을 더 이상 기다릴 수 없어 안절부절못했다. 천천히, 마하르가 두루마리를 열었다. 그 종이 위에는 이렇게 또렷하게 적혀 있었다.

이것은 나, 툭 바얀 툴라의 가르침이다.
시험에 통과하고 싶으면,
책을 펼쳐 공부하라!

엘비스, 벨리퉁을 떠나다

우리는 고집불통 삼손이 하는 짓이 밉살스러웠다. 필리시움 나무 아래에서 대판 말싸움을 벌이고 있을 때였다. 9대 1. 삼손은 지루하게도 계속 우겨대기만 했다. 워낙 지기 싫어하는 성격이었다.

사실, 아주 사소한 것 때문이었다. 전날 밤, 우리는 〈공주의 섬〉이라는 영화를 관람했다. 전설적인 인도네시아 코미디언이 주연으로 나온 영화였다. 주인공은 버려진 외딴 섬에 좌초했다. 그런데 그 섬에는 여자들만 살고 있었다. 그 섬의 왕국('여인국'이라고 하는 게 더 적절하겠다.)은 못생긴 마녀 때문에 공포에 벌벌 떨고 있었다. 마녀의 째질 듯한 목소리는 관객들이 오줌을 지릴 만큼 오싹했다.

한 달에 두 번, 우리는 *저녁기도*를 마치면 축사처럼 생긴 건물에서 영화를 관람했다. 그 건물은 PN 일꾼들이 모임 장소로 이용하던 곳이었다. 영화는 PN 스태프의 자녀가 아닌 아이들을 위해 PN이 특별히 제공하는 것이었다. 그래서 그곳은 노동자의 영화관으로 불렸다. 영화관의 수준은 삼류였다. TOA 스피커 두 개에서 소리가 나왔다. 일반 영화관처럼 설계된 게 아니라 뒤쪽에 있는 관객들은 화면이 제대로 보이지 않았다. 플로를 포함해 우리 열 명은 영화관 맨 뒷자리 의자를 차지했다.

PN 스태프의 아이들은 '하우스 오브 펀' 이라는 곳에서 영화를 보았다. 매주 그곳에서 영화가 상영될 때면 파란색 버스가 아이들을 실어 갔다. 물론 그 극장 밖에는 강력한 경고 문구가 붙어 있었다.

"권리 없는 자, 출입금지."

우리는 〈공주의 섬〉이라는 아름다운 제목의 영화가 사실은 공포영화라는 사실을 전혀 몰랐다. 제목을 보고 선탠로션을 몸에 바른 채 해변에서 노닐며 낄낄거리는 아름다운 공주들이 나올 거라 예상했다.

"와! 끝내준다."

쿠카이가 기대에 차 말했다.

하지만 그것은 착각이었다. 영화가 시작되고 얼마 되지 않아,

마녀 하나가 불길한 목소리를 내며 등장했다. 곧 시체 귀신이 뒤따라 나왔다. 주인공은 목숨을 부지하기 위해 죽을힘을 다해 내달렸다.

뒤에 앉은 나는 사악한 마녀가 등장할 때마다 아이들의 몸이 쪼그라드는 걸 볼 수 있었다. 여자아이들은 찔찔 울었다. 영화를 참아내고 볼 만큼 배짱이 없는 몇몇 아이들은 걸음아 나 살려라 하고 금세라도 무너질 듯한 영화관을 빠져나가 영영 돌아오지 않았다.

내 왼쪽에 앉아 있던 삼손은 영화를 전혀 보지 않는 걸 알 수 있었다. 삼손은 사흐단의 겨드랑이 아래 숨었다. 사흐단은 아 키옹의 겨드랑이 아래, 아 키옹은 쿠카이의 겨드랑이 아래, 쿠카이는 내 겨드랑이 아래 숨었다. 트라파니와 나는 마하르의 겨드랑이 아래 숨었다. 마녀가 마을을 파괴할 때마다 트라파니는 엄마를 찾아 보채는 아이처럼 징징 울어댔다. 마하르는 고개를 푹 숙이고 있었는데, 마치 기도하는 듯했다.

꼼짝도 하지 않고 앉아 영화를 보는 아이들은 사하라, 플로, 그리고 하룬이었다. 그 아이들은 주인공이 마녀한테서 미친 듯 달아나는 광경을 보며 낄낄거리며 웃어댔다. 무사히 빠져나가자 그 아이들은 손뼉을 쳐댔다.

영화관에서 집으로 돌아오는 길, 우리는 손에 손을 맞잡고 있었다. 묘지 곁을 지나는데, 트라파니의 손이 얼음처럼 차가웠다.

다음 날 오후 쉬는 시간에 삼손은 영화에서 주인공이 마녀를 쫓아다녔다고 주장했다. 왜 그런 생각을 했는지, 알다가도 모를 일이었다. 우리는 모두 일심동체가 되어 반박했다. 그것은 사실과 정반대의 것이었기 때문이었다.

"말도 안 돼!"

쿠카이가 주장했다.

"넌 사흐단 뒤에 숨어 벌벌 떨고 있었잖아. 내가 봤어!"

아 키옹이 따졌다.

삼손은 자신의 고집을 꺾지 않았다.

"네가 봤다고? 내가 아는데 말이야, 사하라, 플로, 하룬만 숨지 않았다고."

사하라는 밥맛이라는 듯 우리를 보더니 잘난 체하며 말했다.

"남자들이란 죄다 겁쟁이라니까!"

하룬은 사하라의 말이 맞다면서 고개를 끄덕였다.

"우리가 잠깐잠깐 위를 쳐다보았다고 해서, 이야기가 어떻게 흘러갔는지 모른다는 걸 의미하지는 않아."

쿠카이가 삼손을 궁지에 몰아넣으며 말했다. 하지만 쿠카이의 눈은 나를 쨰려봤다.

잠깐잠깐 위를 쳐다보았다는 말을 들으며, 사하라가 더욱더

비아냥거렸다.

"쯧쯧! 불쌍한 사내자식들!"

하룬은 사하라와 하이파이브를 했다. 삼손은 쿠카이에게 대꾸했다.

"아! 도대체 네가 뭘 안다고 그래? 가서 머리 손질이나 하시지."

우리는 낄낄거렸다. 쿠카이는 빗을 꺼내들었다.

우리는 그렇게 실랑이를 했다. 하지만 트라파니는 멍하니 서 있었다. 최근, 트라파니는 평소보다 훨씬 더 말수가 줄었다. 때로 아무 감각도 없는 듯했다.

삼손은 계속 엉뚱하게 우겨대기만 했다. 그 이유를 생각해보니 자기가 사흐단의 겨드랑이 아래 숨었다는 걸 인정하기가 창피했던 모양이다. 그것 때문에 자신의 남성다운 이미지가 깨지는 게 싫었던 거다.

싸움은 더욱 열기가 고조되었다. 이 쓸모없는 논쟁을 끝내려면 해박한 지식이 있고 말도 잘하는 중재자가 필요했다. 불행히도, 그 똑똑한 아이, 언제나 우리에게 해결책을 제시해주었던 그 아이는, 이틀씩이나 보이지 않았다. 아무런 소식도 없었다.

다음 날, 린탕은 또 결석했다. 우리는 슬슬 걱정이 되었다. 함께했던 몇 년 동안 린탕은 단 한 번도 결석한 적이 없었다. 때는 우기였다. 코프라 일을 할 시기가 아니었다. 조개를 채취할 철도 아니었다. 고무나무는 지난달에 이미 테이프를 붙였다. 뭔가 심각한 일이 일어난 게 분명했다. 그러지 않고서는 학교에 빠질 이유가 없었다. 하지만 소식을 듣기에는 집이 너무 멀었다.

목요일이 되었다. 이제 린탕은 나흘씩이나 모습을 보이지 않았다. 린탕이 없으니 교실이 텅 빈 느낌이었다.

나는 옆의 빈자리를 쓸쓸히 쳐다보았다. 필리시움 나뭇가지를 올려다보았다. 린탕은 거기에 앉아서 무지개를 바라보았었다. 그런데 지금은 거기 없다. 우리는 걱정스럽고 마음이 아팠다. 나는 공부하다가도 퀴즈대회 트로피를 바라보았다. 가난한 바닷가 소년이 우리 학교에 안겨주었던 가장 뛰어난 업적. 린탕이 보고 싶었다.

린탕이 없는 수업은 평소 같지 않았다. 뭔가 빠진 듯했다. 수업은 재미없고, 우리는 기운을 잃었다. 모두 쥐죽은 듯했다. 린탕이 큰 소리로 대답하는 게 듣고 싶었다. 린탕의 똑똑한 이야기가 그리웠고, 린탕이 선생님과 토론하는 걸 지켜보고 싶었다. 엉망진창인 머리칼, 낡아빠진 샌들, 등나무 가방조차도 그리웠다.

부 무스 선생님이 무슨 일인지 알아보기 위해 린탕의 바닷가

43장 • 엘비스, 벨리퉁을 떠나다

마을을 지나가는 사람한테 편지를 건넸다. 나는 걱정스럽게 혹시라도 일어날 수 있는 끔찍한 일들을 상상했다. 주말까지 그렇게 기다렸다.

다음 주 월요일 아침에는 린탕이 나타나기를 희망했다. 린탕의 밝은 미소를 보고 그동안 무슨 일이 있었는지도 알고 싶었다. 하지만 린탕은 학교에 오지 않았다. 린탕의 집에 찾아가는 문제를 놓고 이야기를 나누던 중, 신발도 신지 않은 어떤 호리호리한 남자가 찾아왔다. 린탕의 마을에서 온 사람이라고 했다. 그 남자가 선생님한테 편지 한 장을 건넸다.

선생님은 편지를 읽었다. 우리는 선생님과 함께 숱한 시련을 함께했었다. 시련이 꼬리에 꼬리를 물고 선생님에게 닥쳤었다. 하지만 선생님이 우는 모습을 본 건 그때가 처음이었다. 선생님의 눈물이 편지 위에 뚝뚝 떨어졌다. 우리는 당황했다. 나는 선생님한테 다가갔다. 선생님은 내게 편지를 주며 읽으라고 했다. 짧은 내용이었다.

선생님,
아버지께서 돌아가셨습니다. 내일 작별인사를 하러 학교에 가겠습니다.

선생님의 학생, 린탕

❈

　지지리도 가난한 어부의 맏아들로서, 린탕은 이제 자기 어머니, 줄줄이 딸린 동생들, 할아버지 할머니, 놀고먹는 삼촌들을 돌봐야 했다. 어떻게든 공부를 계속할 방법이 없었다. 적어도 열세 명을 먹여 살릴 의무를 짊어지게 되었다. 서글서글한 얼굴의 비쩍 마른 아버지가 돌아가셨다. 그렇게 어린아이가 그 무거운 짐을 어깨에 짊어져야 했다. '소나무 아저씨'가 죽었다. 아저씨의 몸은 외아들의 원대한 꿈과 함께 묻혔다. 슬프게도, 아저씨의 죽음은 아들의 원대한 꿈도 함께 쓰러뜨렸다. 이 두 명의 비범한 해안가 사람들은 아이러니 속에 파묻혔다.

　우리는 운동장 옆 필리시움 나무 아래에서 작별인사를 나누어야 했다.

　내 속은 까맣게 타들어갔다. 내 가슴은 공허했다. 작별은 아직 시작도 하지 않았는데 트라파니는 벌써 훌쩍이고 있었다. 사하라와 하룬은 손을 잡고 앉아 있었다. 삼손, 마하르, 쿠카이, 사흐단은 연신 얼굴을 닦아냈다. '기도하는 중'이라고 우겼지만 실은 눈물을 씻어내는 것이었다. 아 키웅은 정신이 멍해져서 혼자 있고 싶어 했다. 플로는 린탕을 만난 지 얼마 안 되어 그다지 감정이 없었는데, 지금은 좀 슬퍼했다. 플로는 촉촉한 눈으로 운동장을 응시했다. 플로의 슬퍼하는 모습은 그때가 처음이었다.

우리는 하늘이 내린 천재를 보내야 했다. 이 아이는 무지개 분대에서 가장 뛰어난 신사 중의 신사였다. 우리에게 생전 처음 최고의 성취를 안겨주었다. 우리 가난한 학교의 위엄을 한껏 올려준 진정한 영웅이었다. 나는 이 아이의 번뜩이는 지혜를 기억했다. 입학 첫날 엉뚱한 연필을 들고 있던 그때부터 나는 이 아이의 맑은 생각을 기억했다. 반짝이는 가슴을 기억했다. 이 아이는 나에게 아이작 뉴턴, 애덤 스미스, 앙드레 앙페르였다.

린탕은 등대 같은 아이였다. 바다에서 길을 잃은 선원에게 길을 알려주는 별 같은 존재였다. 린탕은 엄청난 에너지와 기쁨, 활력을 내뿜었다. 그 곁에서 우리는 그 불빛을 한껏 받았다. 이 불빛은 우리의 생각을 분명하게 해주고, 용기를 북돋아주고, 이해의 길을 열어주었다. 우리는 린탕에게서 겸손, 결단, 우정을 배웠다. 린탕이 퀴즈대회에서 마호가니 탁자 위에 놓인 버튼을 눌렀을 때, 그 순간 우리의 자신감은 드높아졌다. 우리로 하여금 감히 꿈꾸게 하고, 우리로 하여금 우리의 운명에 맞서 싸울 열정을 갖도록 해주었다.

린탕은 별 같은 존재였다. 사람들이 아직 침대에 누워 있는 새벽부터 빛을 발했다. 그 빛은 하늘을 환하게 밝혀주었다. 아무도 모르는 사이, 아무도 신경 쓰지 않는 사이 빛나는 별처럼, 린탕은 혼자서 지식의 행성을 탐사했다. 그러고는 사라졌다. 그리고 오늘 다시 나타났다. 최종시험 세 달 전에. 나는 마음이 찢어질 듯 아팠다. 천재 중의 천재 소년, 인도네시아의 가장 부유한 섬 원주민이 가난 때문에 학교를 떠나야 했다. 오늘, 쌀이 넘칠 듯 그득한 창고 안에서 어린 쥐 한 마리가 굶어 죽었다.

우리는 모닥불 가에서 웃고 떠들며 춤췄었다. 우리는 린탕의 신선하고 기발한 생각이 늘 새로웠다. 린탕이 아직 떠나지 않았지만, 나는 벌써 린탕의 장난기 어린 눈동자, 천진난만한 미소, 그리고 그 입에서 쏟아져 나왔던 무수한 지혜의 말이 그리웠다. 그 머릿속의 무한한 지식의 독특한 세계가, 그리고 그 끊임없는 겸손이 그리웠다.

린탕은 이 나라, 빈곤에 허덕이며 무시 받고 살아온 가정의 총명한 아이에 관한 전형적인 이야기였다. '소나무 아저씨'가 수년 동안 걱정했던 그런 날이 마침내 다가왔던 것이다. 오늘, 나는 수년 동안 함께했던 내 짝꿍을 잃었다. 가능성 많은 린탕을 잃는 것은 너무나 큰 손실이었기에, 이 상실은 더욱더 고통스러웠다. 이건 공평하지 않았다. 린탕은 공부하기 위해 죽을힘을 다해 싸워왔는데, 이제 그만두어야 했다. 린탕은 학교가 무너지기 일보 직전에 우리의 기상을 고양시켜주었다. 나는 사유지의 호화롭고 안락한 집에서 살고 있는 사람들이 미웠다. 나는 린탕을 도와줄 수 없다는 것 때문에 내 자신과 우리 반 친구들이 너무 미웠다. 우리 부모들은 매일 먹고살기 위해 치열하게 싸워야 했다.

린탕이 왔다. 얼굴이 수척했다. 나는 린탕이 가슴으로 울고 있다는 걸 알았다. 작별인사를 하고 싶지 않은 마음을 애써 누르고 있다는 걸 알았다. 학교, 친구들, 책, 그리고 수업시간은 그에게 세상의 전부였다. 그것은 린탕의 삶이자 사랑이었다.

고요한 침묵. 평상시 필리시움 나무에서 지저귀며 노닐던 새들도 침묵했다. 지식의 진주를 학교에서 떠나보내야 한다는 사실에 모두의 가슴은 눈물에 젖었다. 우리는 작별인사로 린탕을 꼭 껴안았다. 린탕의 눈물이 천천히 흘러내렸다. 린탕은 가고 싶지 않은 듯 우리를 꼭 껴안았다. 이 고귀한 영혼은 어쩔 수 없이 학교를 떠나야 했다. 린탕의 몸이 떨렸다.

나는 도저히 린탕의 초췌한 얼굴을 볼 수 없었다. 아무리 노력해도 슬픔을 억누를 수 없었다. 눈물을 멈출 수 없었다. 그것은 조용한, 눈물 없는 울부짖음으로 바뀌었다. 가슴이 찢어지는 것 같았다. 안녕이라는 말도 나오지 않았다. 우리는 모두 흐느껴 울었다. 선생님의 입술이 떨렸다. 눈물을 참으려 애썼다. 눈은 발갛게 충혈되었지만 눈물은 흐르지 않았다. 단 한 방울도. 선생님은 우리가 강하기를 원했다. 그런 모습을 보니 내 가슴이 더 아팠다. 그날 오후는 벨리퉁의 역사상 가장 슬픈 시간이었다.

그 순간, 우리는 모두 실제로 빛과 불의 형제였다는 것을 깨달았다. 우리는 무시무시한 번개가 치고 산을 움직일 듯한 토네이도 속에서도 믿음을 갖자고 굳게 맹세했다. 우리의 맹세는 하늘의 일곱 빛깔 속으로 스며들었다. 남중국해를 다스리는 신비한 용이 우리를 지켜보았다. 우리는 함께했기에 신이 창조한 가장 아름다운 무지개였다.

그로부터 12년 뒤……

신의 예언

한 중년 여성이 내 상사와 같이 내 쪽으로 걸어왔다. 문제가 생겼군. 분명 또 문제가 생긴 게 분명했다!

"화를 내고 싶으면, 부인, 이 지저분한 남자한테 쏟아내세요."

상사가 날카로운 목소리로 말했다.

나이에 비해 상당히 매력적인 여인은 나를 찬찬히 살펴보았다. 여인의 목소리에 비음이 섞여 있었다. 짙은 화장, 이상야릇한 발음과 올라간 눈썹, 그리고 나를 바라보는 태도에서 아주 오랫동안 외국에서 살다 왔으며 이 나라의 비능률성에 넌더리가 난다는 인상이 풍겨왔다.

분명 심각한 문제였다. 그래, 심각했다. 해외에서 구입한 그림에 대한 세관에서 보낸 세금 환급 편지가 늦게 도착한 것이다. 이유는 내가 편지를 잘못 분류했기 때문이었다. 내가 그 편지를 엉뚱한 분류함에 잘못 던져 넣었던 거다. 흔한 실수였다.

나는 이미 그 주에 세 번씩이나 실수를 했다. 업무가 너무 많기 때문이라고 변명을 했지만, 내 상사는 내 변명을 들으려 하지 않았다. 엄청난 물량의 우편물, 그리고 익숙하지 않은 우편번호를 제대로 분류해내기에는 너무 벅찼다.

나는 허둥거렸다. 그 매력적인 여인이 불평해대는 내내, 나는 특별우편이라고 적힌 우편배낭 세 개를 넋 놓고 바라보았다. 그 순간, 내 엉망진창 인생이 싫었다. 성공하지 못한 인생의 표시 중 하나는 식전 댓바람부터 고객의 고함소리를 듣는 것이었다. 그래도 오랫동안 우체국에서 일하면서 잠깐 동안 귀를 닫아두는 기술을 터득했다. 그러므로 내 앞에서 열 받아 고래고래 떠드는 그 여인은 무성 흑백영화에 나오는 그레타 가르보처럼 보였다.

"*Hoe vaak moet ik je dat nog zeggen!*"

그 여인은 내게 말을 쏟아내고는 휑하니 뒤돌아 나가버렸다. 그러면 그렇지!

그 여인의 말은 이런 뜻이었다.

내가 몇 번이나 말했는데도 왜 똑같은 실수를 하는 거예요!

나는 다시 멍하니 우편배낭 세 개를 응시했다.

불평불만 소리에 기분이 잡치기는 했지만, 그래도 나는 묵묵히 우편물을 모두 분류해야 했다. 아침 8시에 제1 교대조가 특별 우편을 가져가야 하기 때문이었다. 나는 우체국에서 일했다. 우편물을 분류하는 일을 하는데, 시간이 촉박한 발송 부서에서 아침 교대조로 새벽부터 일을 시작했다.

나는 인생의 아이러니 때문에 두려웠다. 작가와 배드민턴 선수가 되겠다는 내 플랜 A는 수년 전에 물거품처럼 사라지고 편지 분류상자 바닥에 침몰해버렸다. 배드민턴 책을 쓰는 작가가 되겠다는 내 플랜 B도 실패했다. 비록 내 가슴 깊은 곳에서는 여전히 옛 배드민턴 챔피언들과 교육부 장관으로부터의 달콤한 지지를 고이 간직하고 있지만 말이다.

책은 이미 다 썼다. 거의 34장에 10만 자 이상이나 되었다. 그 책을 쓰기 위해, 나는 배드민턴 연맹에 관한 조사도 철저히 했다. 책을 풍성하게 하기 위해 대중문화와 개인발달 경향도 연구했다. 제목 또한 감동적이었다. 『배드민턴과 친구 사귀기』. 인도네시아에서는 이런 책은 일찍이 없었다. 불행히도, 상업성이 없었기에 이 책을 출간하려는 출판사는 하나도 없었다. 출판사는 콘돔, 자위, 오르가슴과 같은 단어로 가득 찬 포르노 책에 더 큰 관심이 있었다. 그런 책이 더 짭짤한 돈벌이가 되니까. 멍청한 출판사들은 *건전한 신체에 건전한 정신*이라는 원칙을 잊어버리고 있었던 거다.

지금 나를 보라. 매일 스스로 기운 내려 애쓰는 한 남자에 불과하다. 내가 아무리 스스로 기운을 내리고 노력한다 한들, 스스로 강해지려고 한들, 내 위에 켜켜이 쌓인 실패 더미 아래에서 나는 깔려 죽기 일보직전이었다. 아주 오래전, 부 무스 선생님과 팍 하르판 교장선생님은 어떤 시련이 있더라도 주저앉지 말라고 내게 가르쳐주었다. 하지만 내 삶에서 이 순간, 운명은 나를 완전히 때려눕혔다. TKO.[11]

그때, 유난히 절망에 빠진 날 아침, 나는 억수같이 내리는 빗속에서 내가 쓴 네 개의 원고 더미를 노끈으로 묶고 있었다. 그 안에는 여섯 장의 플로피디스크도 있었다. 우편배낭을 묶는 데 흔히 사용하는 500그램짜리 주석 서진을 꾸러미에 묶고 매듭을 단단히 맸다. 그리고는 서부 자바 보고르의 셈푸르 다리를 향해 달려갔다. 그날, 내 상심한 마음에 굴복해서, 나는 눈을 질끈 감고 내 인간 관심 장르 플랜 B 배드민턴 책을 실리웅 강 깊숙이 던져버렸다. 만약 그것이 강바닥에 가라앉지 않았다면, 급류를 따라

---

11 Technical Knockout. 프로 권투에서 한쪽 선수가 경기하기 힘들 정도로 부상 등을 당한 경우 주심이 시합을 중단하고 승패를 결정짓는 것.

자카르타를 향해 떠내려갔을 거다. 내 꿈과 함께 저 멀리 사라져 버렸다.

불확실성에 직면할 때마다, 나는 내가 아는 가장 아름다운 장소로 달려가곤 했다. 내가 어릴 적 발견한 곳. 그곳은 처음부터 내게 엄청난 사랑을 주었다. 그곳은 회색 돌담으로 둘러싸인 꽃 정원이 있는 아름다운 마을이다. 서양자두나무의 나뭇가지 그늘이 드리워진 숲의 오솔길도 있다. 아, 에덴서, 내 상상 속의 천국.

그 마을은 내 상처 난 가슴의 치료제였다. 삶이 점점 힘겨워지자 나는 더 자주 헤리엇의 책을 읽고 또 읽었다. 꿈속에서 에덴서를 자주 찾았다. 잠에서 깨어나면 가슴이 아팠다. 아 링이 떠올랐기 때문이다. 삶은 더욱 견딜 수 없게 되어갔다.

어느 날, 우편물을 분류하고 나서 집으로 돌아와, 하숙집 근처 공원 나무 아래에 혼자 앉아 찰싹이는 강물을 바라보며 신에게 따졌다.

"신이시여, 내가 당신께 아주 오래전에 부탁하지 않았습니까? 제발 우체국 노동자만은 되지 않게 해달라고요. 작가나 배드민턴 선수가 되지는 않더라도 새벽에 시작하는 일은 주지 말라고 했잖습니까!"

분명, 신은 내 기도에 대답했다. 내가 요청한 것과 정반대로. 신이 하는 일이 원래 그렇다. 만약 우리가 기도와 그에 대한 대답을 신의 일차원적인 기능에서 변수로 간주한다면, 그렇다면 그것은 우기(雨期)와 다를 바 없다. 우리가 최대한 할 수 있는 것은 예측뿐이다. 여러분한테 한 가지 말해주겠다. 독자 여러분, 신의 행동은 이해할 수가 없다. 신은 공리나 원리를 따르지 않는다.

그래서 내가 지금 여기 있는 거다. 정부 통계청 관리들은 나 같은 사람을 흔히 이렇게 묘사할 것이다.

공공기관에서 근무하며, 하루에 2,100칼로리 이하로 섭취하고, 빈곤선에 근접해 있는 사람.

가난. 내 평생의 동반자. 내가 엄마 뱃속에 있을 때부터 나와 가난은 가까운 단짝이었다. 나는 가난한 갓난아이였고, 가난한 어린이였고, 가난한 청소년이었고, 이제 가난한 어른이다. 나는 매일 목욕을 하는 것처럼 가난에 아주 익숙해 있었다.

외롭게, 무시 받으며 하루에 열 시간씩 일하다 이삼십 대가 저무는 것이 내 인구 통계학이었다. 하지만 내 사이코그래프[12] 속 정체성은 달랐다. 사람들의 관심에 너무나도 목말라 하는 고독

---

12 Psychograph. 심지학(心誌學)이라고도 부른다. 개성의 각 측면을 나타내는 몇 가지 항목을 들어 특정한 개인에 관해 그 항목마다 특성을 평가해 그래프나 표로 나타낸 것.

한 남자. 마케팅 하는 사람들은 나를 머릿기름 제품, 키 크는 약, 탈모방지제, 허리띠, 악취예방 탈취제, 혹은 자신감 고취와 관련된 제품을 팔기 위한 나름의 판매 대상으로 간주할 것이다. 세상 사람들은 나를 신경 쓰지 않았다. 그리고 국가는 국영 우편회사에서의 아홉 자리 고용번호로만 나를 인식했다. 967275337.

우편분류 업무는 전혀 흥미롭지 않다. 이 일은 PN 학교 학생들이 축제에서 행진하는 직업에도 없었다. 매일, 나는 이름도 들어보지 못한 나라에서 온 수십 개의 우편배낭에 빠져 허우적거렸다. 땀과 먼지가 뒤범벅이 되었다. 나의 미래는 정부 보험에서 제공하는 싸구려 병원을 정기적으로 들락거리는 은퇴한 가난뱅이였다. 그러다 아무도 모르게 비참하게 죽을 것이다.

일이 끝난 뒤, 사회생활을 하는 데 너무 지쳐서, 그리고 어쩌면 무참히 깨진 꿈에 대한 좌절로, 나는 스트레스가 많은 사람들에게서 전형적으로 나타나는 병으로 고통 받았다. 그건 바로 불면증. 매일 밤 비몽사몽, 나는 라디오에서 흘러나오는 전통 그림자 인형극 〈와양〉 이야기와 최면에 걸렸다. 그 이야기가 끝나도 여전히 잠을 잘 수 없었다. 라디오의 정적을(정지된 라디오를) 아침까지 듣기를 즐기기 시작했다. 정신이상은 천천히, 하지만 분명히 내게 다가오기 시작했다.

괴로운 밤이 지난 뒤, 보고르 사람들이 여전히 따뜻한 침대에서 편안하게 누워 있는 동안, 나는 꼭두새벽에 일터로 나서야 했다. 싸늘한 침대에서 기어 나와 수천 통의 편지를 분류하기 위해 자전거를 타고 실리웅 강을 따라 덜거덕거리며 우체국을 향했다. 거리는 아직도 짙은 아침안개에 싸여 있었다. 보고르 사람들이 일어나 하품하고, 애벌레처럼 침대에 다시 편안하게 안길 때, 아니면 따끈한 차와 토스트를 앞에 두고 아침신문을 흔들어 펼칠 때 나는 겨우 아침식사를 먹을 수 있었다. 네덜란드 아줌마의 불평을 곁들이며.

그것이 지금의 내 삶이었다. 미래는 불확실했다. 내 미래가 어떻게 될지 나는 더 이상 아무 생각도 하지 않았다. 모든 것이 불명료했다. 내가 확실히 알고 있는 것은 나는 실패한 인생이라는 것이다. 나는 매달 17일, 인도네시아 노동자 월례모임에서 우체국 줄에 서야 할 때마다 내 자신에게 저주를 퍼부었다.

내 삶의 기쁨이라 부를 수 있는 무언가가 여전히 있다면, 그건 아마도 에린이었을 것이다. 에린은 똑똑하고, 신앙심 깊고, 아름다우며 마음씨 고운 아이였다. 그 아이는 스물한 살이다. 나는 그 아이를 *장학생*이라고 불렀는데, 그건 그 아이가 인도네시아의 가장 권위 있는 대학에서 가장 뛰어난 성적으로 이제 막 장학금을 받았기 때문이었다. 그 대학에서 에린은 심리학을 공부했다. 에린의 아버지가 내 형인데, PN을 그만두었다. 그래서 내가 에린의 학비를 맡기로 했다.

하루 종일 일하고 난 뒤의 피로는 에린과 그 아이의 배움에 대한 열정, 긍정적인 태도, 그리고 그 아이의 눈에 비친 총명함을 보면 순식간에 사라졌다. 나는 초과근무는 물론이고, 영어 번역가, 타이피스트, 사진사와 같은 별의별 일을 기꺼이 다했다. 얼마든지 내 자신을 희생할 의향이 있었다. 에린의 학비를 대기 위해 내 재산목록 1호 녹음기를 기꺼이 전당포에 맡기기도 했다.

린탕과의 쓰라린 경험이 내게는 트라우마였던 모양이다. 린탕을 도와주지 못한 죄책감을 만회하려, 나는 에린의 뒷바라지에 힘썼다. 에린은 내 생활이 아무리 엉망이고 실패한 인생이라 하더라도, 내가 여전히 세상에 유용한 사람이라는 느낌이 들게 했다. 당시 내 삶에서 내가 자랑스러워할 만한 건 아무것도 없었다. 하지만 내 삶을 뭔가 중요한 것에 바치고 싶었다. 에린은 내 삶에서 유일하게 의미 있는 대상이었다.

그런데 에린은 공황 상태에 있었다. 지도교수가 에린이 제출한 논문을 계속 퇴짜를 놓았기 때문이었다. 벌써 수십 번째였다.

44장 • 신의 예언

에린은 지난 학기에 수업을 모두 끝마치고 다섯 달 동안 논문 주제를 찾느라 시간을 허비하고 있었다. 최근에는 지도교수가 승인 거부 편지와 함께, 다른 학생들이 이미 쓴 논문 제목을 15쪽이나 첨부했다. 나는 제목을 훑어보았다. 거의 30명의 학생들이 인성장애에 대한 논문을 이미 썼다. 수십 명의 학생들이 업무만족도, 다운증후군, 그리고 아동상담에 대해 썼다. 수없이 많은 학생들이 자폐증에 대해 썼다.

에린의 지도교수는 뭔가 새롭고, 색다르고, 과학적인 진보에 공헌할 수 있는 주제를 쓰라고 당부했다. 에린은 장학생이었기 때문이었다. 나도 전적으로 동의했다.

사실, 에린은 이미 그 독특한 주제가 무엇인지 감을 잡고 있었다. 에린은 인간의 심리 상태에 대해, 특히 어떤 사람이 다른 누군가에게 전적으로 의존하는 상태에서 의존하는 사람이 없을 경우, 아무것도 할 수 없는 지경에 이르는 상태를 조사하고 싶다고 이미 내게 열정적으로 말했었다. 에린은 그것을 지도교수에게 말했고, 지도교수는 그 주제에 호의를 나타냈었다.

그런데 문제는 그런 상황이 드물다는 거였다. 의존에 대한 흥미진진한 사례가 몇 가지 있기는 했지만 그 강도가 낮았다. 그래서 어떤 특별조치도 이들에게 필요하지 않았다. 에린은 심각한 의존 사례를 찾고 있었다. 사례를 찾기 위해, 에린은 인도네시아

전역의 심리학자, 정신과 의사, 대학교수, 정신건강 기관들, 그리고 정신병원 의사들과 연락했다. 거의 네 달 동안 적절한 사례를 찾아보았지만 수고한 보람이 없었다. 에린은 점차 좌절감에 빠졌다.

하지만, 오늘, 에린에게 행운이 찾아왔다. 방카 섬에 있는 숭가이 리아트(Sungai Liat) 정신병원의 원장으로부터 편지 한 통을 받았는데, 그 편지에는 에린이 찾던 사례가 있다는 내용이 들어 있었다.

우리는 무척이나 흥분했다. 방카 섬은 벨리퉁 섬 바로 옆에 있었기 때문이었다. 두 섬을 합쳐 방카-벨리퉁이라 불렀다. 그래서 에린이 내게 함께 가달라고 부탁했을 때, 나는 우편물 분류 업무 따위는 안중에도 없었다. 우리는 고향 벨리퉁을 방문할 계획도 세웠다.

숭가이 리아트 정신병원은 역사가 무척 길다. 네덜란드인이 설립한 것으로, 벨리퉁 사람들은 그 병원을 석조실이라고 불렀는데, 그 이유는 진찰실 벽을 돌로 지었기 때문이었다. 벨리퉁에는 정신병원이 없기에(오늘날까지도 여전히 그렇다.) 심각한 정신병을 앓고 있는 사람들을 때로 바다 건너 방카에 있는 정신병원으로 보내곤 했다. 그런 이유 때문에, *석조실*이라는 이름은 늘 고통스럽고 절박하며 음습한 이미지로 벨리통 사람들에게 각인되어 있다.

도착했을 때는 병원 근처 사원에서 아잔이 울려 퍼지고 있었다. 우리는 기둥이 높다란 낡은 흰색 건물로 들어갔다.

커다란 자물쇠가 채워져 있는 강철 문, 자그마한 병들이 가득 들어찬 약국, 바퀴 달린 진찰대, 하얀 옷을 입은 간호사, 혼잣말을 하거나 야릇한 표정으로 뭔가를 응시하고 있는 환자들이 보였다. 병원 냄새가 코를 찔렀다.

남자 간호사가 우리 곁으로 다가왔다. 그 간호사는 우리가 기다리고 있는 것을 알고 문을 열어주었다. 우리는 양 옆에 병실이 일렬로 늘어서 있는 기다란 복도로 들어섰다. 나는 창살 뒤의 환자들 얼굴을 응시했다. 철창살은 수십 개의 인간 다리로 바뀌었다. 다리 사이 틈으로 마맛자국의 낯익은 얼굴이 떠올랐다. 정신병원의 슬픔이 내 머릿속 어두운 곳을 열어주었다. 악어 주술사 보뎅가가 숨어 있던 그 자리.

에린에게 편지를 썼던 병원 원장 얀 교수의 사무실로 간호사가 우리를 데려다주었다. 교수는 차분한 얼굴이었다. 염주 알을 만지고 있었다.

"이 경우는 극단적인 마더 콤플렉스입니다."

교수가 묵직한 목소리로 말했다.

"저 청년은 자기 엄마 곁에서 잠시도 떨어지지 못해요. 잠자리에서 일어나 엄마가 보이지 않으면, 미친 듯이 비명을 지릅니다. 게다가 만성적인 의존이 그 엄마까지 비정상으로 만들었어요. 저 모자가 이곳에서 함께 지낸 지 벌써 6년이나 되었답니다."

그 말을 들으니 정말 끔찍했다.

얀 교수는 우리를 자그마한 독방으로 안내했다. 내가 보게 될 것을 짐작하니 두려웠다. 그처럼 엄청난 고통을 바라볼 수 있을 만큼 나는 강했던가? 그냥 밖에서 기다리는 게 더 좋지 않을까? 하지만 너무 늦었다. 얀 교수가 이미 문을 열고 말았다.

우리는 출입구에 서 있었다. 커다란 방은 쥐죽은 듯 조용했다. 나지막한 램프에서 빛이 새어 나올 뿐이었다. 불빛은 높은 천장을 비추지 못했다. 앙상하고 길쭉한 의자 하나만 구석에 덩그러니 놓여 있고, 방 안에는 가구 하나 없었다.

그리고 그 기다란 의자 위, 우리한테서 열다섯 발자국 정도 떨어진 곳에, 불쌍한 사람 둘이 함께 꼭 붙어 앉아 있었다. 엄마와 그 아들. 둘은 불안해 보였다. 마치 구해달라고 애원하는 것 같았다.

삐쩍 마른 아들은 등을 곧추세우고 앉았는데, 긴 머리카락이 얼굴을 뒤덮고 있었다. 귀밑머리, 눈썹, 코밑수염은 빽빽하고 투박했다. 피부는 핏기 하나 없었다.

어머니는 병약해보였다. 눈에는 엄청난 고통이 숨어 있었다. 샌들을 신고 있었는데, 발에 맞지 않고 너무 컸다. 얼굴에는 견딜 수 없는 정신적 스트레스가 드러나 있었다.

두 사람은 가끔씩 우리를 홀끔 쳐다보았다. 하지만 내내 고개를 숙이고 있었다. 아들은 자기 엄마 팔을 움켜잡고 있었다. 우리가 들어서자 아들은 엄마한테 더 바짝 다가갔다. 나는 그 고통스러운 방에서 먼저 나왔다. 그 모습은 1톤이나 나가는 벽돌처럼 나를 짓눌렀다.

얀 교수는 에린이 두 환자와 인터뷰하는 것을 도와주었다. 1시간 반이 지나, 인터뷰가 끝났다.

에린은 내게 그 엄마와 아들한테 인사를 하라고 했다. 둘의 고통을 생각하니 내 가슴은 찢어졌지만 다시 방 안으로 들어가 애써 미소 지었다.

마침내, 우리 셋은 방을 나왔다. 에린과 얀 교수는 나보다 앞서 걸어갔다. 나는 마지막으로 나오며 문을 닫으려 했다. 순간, 누군가 내 이름을 불렀다. 나는 그 소리에 깜짝 놀랐다.

"이칼……."

에린과 얀 교수도 놀라기는 마찬가지였다. 우리는 동시에 뒤돌아보았다. 방 안에는 우리 세 명과 불쌍한 영혼 둘 말고는 아무도 없었다. 그 목소리는 분명 우리가 막 나온 방 안에서 흘러나왔다. 나는 주춤주춤 움직였다.

"이칼."

목소리가 다시 한 번 울려 퍼졌다.

두 명의 환자 중 누가 나를 부르는 게 분명했다.

나는 문고리를 돌려 방 안으로 서둘러 들어갔다. 조심스레 다가가, 3미터 앞에 멈추었다. 둘은 모두 일어섰다. 나는 두 사람을 찬찬히 바라보았다. 어머니의 머리는 낮게 흔들리고, 아들은 울고 있었다. 아들의 입술은 떨렸다. 마치 나를 수년 동안 기다려온 것처럼 내 이름을 부르고 또 부르면서……. 아들은 내게 더 가까이 오라고 손짓했다. 영문을 몰라 나는 앞으로 나아가 좀 더 가까이에서 얼굴을 바라보았다. 아들은 얼굴에서 머리카락을 옆으로 밀쳐냈다. 나는 소스라치게 놀랐다. 내 눈을 믿을 수 없었다. 비명이라도 지르고 싶은 심정이었다. 그 남자가 누군지 알았다. 그건 바로 트라파니였다.

플랜 C

우리 동네로 실어다줄 버스가 잡화점 '희망의 빛'을 지나쳤다. 그 가게는 조금도 변한 게 없었다. 여전히 엉망진창 뒤죽박죽이었다. 그 옆에 '천하장사'라는 이름의 새 가게가 들어섰는데, 그곳 일꾼이 내 시선을 붙잡았다. 덩치가 크고 키가 멀대 같은 사내는 어깨까지 내려오는 머리칼을 사무라이처럼 뒤로 질끈 묶고 소매를 둘둘 말아 올렸다. 나는 그 가게 이름이 일꾼의 외모에서 딴 게 아닌가 하고 놀라움을 금치 못했다.

일꾼은 아주 서글서글해 보였다. 자기 일을 즐기는 듯했다. 양쪽 어깨에는 쌀가마를 지고, 목에는 자전거 타이어를 두르고, 양손에는 비닐봉투를 한가득 든 채 물건들을 날랐다. 그 사내는 자기 주인한테 짐을 더 올리라고 농담처럼 말했다. 그 사내는 짐을 더 올려도 거뜬할 듯했다. 가게 주인은 웃으며 쌀자루 하나를 더 일꾼의 어깨에 올렸다. 일꾼은 완전 걸어 다니는 만물상으로 변신했다. 몸을 제대로 가누지도 못했다.

나는 그 일꾼이 물건을 픽업트럭 쪽으로 전부 나르는 모습을 바라보며 터져 나오는 웃음을 꾹 참았다. 일꾼 뒤에서 그 물건을 산 오동통한 여인이 안절부절못했다. 또 다른 여인이 가게 앞에서 일꾼을 향해 무리하지 말라며 불안한 듯 고함쳤다. 일꾼은 자랑스러운 표정으로 계속 걸었다. 한 발 한 발 걸을 때마다 발걸음이 이전보다 더 후들거렸지만 말이다.

나는 시선을 돌려 잡화점 '희망의 빛'을 보고 혼자 씩 웃었다. 그 가게에서의 아련한 추억이 떠올랐다. 어른이 되었어도 그건 여전히 아름다운 감정이었다. 분명, 나의 첫사랑은 지금도 가게 안에 처박혀 있을 낡은 등유 깡통의 바닥보다 더 깊은 곳에 자리잡고 있었다. 이 고물 버스 안에서 그리움에 사로잡힌 채, 갑작스레 이제 적어도 내 사랑을 표현할 수 있는 사람이 되었다는 게 다행이란 느낌이 들었다. 모두 그런 기회를 갖는 건 아니라는 걸 잘 알고 있다. 모두가 두근두근 가슴 설레는 첫사랑을 경험하는 건 아니라는 걸……. 비록 첫사랑을 잃었지만, 나는 여전히 스스로를 행운아라고 여겼다.

우리는 비관론자가 될 수도 있다. 딱 한 번, 딱 한 사람의 배반 때문에 매사에 의심을 품기도 한다. 하지만 한 번의 진실한 사랑은 한 사람의 사랑에 대한 온전한 인식을 바꾸고도 남는다. 적어도 내 경우는 그랬다. 비록 사랑이 가끔 어른이 다 된 내게 심술궂게 굴었어도, 나는 여전히 사랑을 믿었다. 그것은 모두 잡화점 '희망의 빛'의 마법과도 같은 손톱의 한 소녀 때문이었다. 그 소녀는 지금 어디에 있을까? 나는 알지 못했다. 그리고 당분간은 알고 싶지 않았다. 사랑의 추억은 아름다운 연못이었다. 그대로 남아 있으면 좋겠다. 만약 아 링을 다시 만난다면, 그 이미지는 희미해지겠지. 어쩌면 아 링은 이제 툭 불거진 핏줄, 늘어진 군살, 툭 튀어나온 배, 축 처진 눈을 하고 있을지도 몰랐다. 아 링은 남중국해의 비너스였다. 나는 그렇게 기억하고 싶었다.

나는 가방에서 아 링이 우리 첫사랑의 징표로 내게 주었던 『만약 그들이 말할 수 있다면』을 꺼냈다. 나는 버스에 앉아, 내내 내게 용기를 불어넣었던 그 책이 이제 너덜너덜 걸레가 되었다는 것을 알았다. 그 책은 항상 내 곁에 있었다. 헤리엇의 삶, 그가 묘사했던 에덴서의 마을, 그리고 아 링과의 내 감정적인 교류와 그 책의 연결고리는 나를 낙관론자로 남아 있도록 해주었다.

내가 『배드민턴과 친구 사귀기』 원고를 실리웅 강에 던져버린 지 1주일 뒤, 나는 유럽연합의 석사학위 장학금에 대한 공고를 보았다.

나는 곧장 집으로 달려갔다. 나는 종이를 집어 들고 펜을 잡고 의자에 앉아, 종이를 탁자 위에 올려놓고 구체적인 계획을 짜기 시작했다. 이것은 내 플랜 C였다. 나는 공부를 계속하고 싶었다!

에린이 공부하는 대학의 입학시험을 치르기 위해 나는 미친 듯 공부했다. 시험에 합격한 뒤, 나는 전쟁처럼 인생을 살기 시작했다. 학비를 대기 위해 우편물을 분류하는 일뿐만 아니라 내가 할 수 있는 온갖 잡스러운 일을 하면서 밤낮을 보냈다. 학사학위를 아직 끝마치지 못했을 때 내 마음은 유럽연합에서 주는 장학금만 바라보고 있었다. 집중! 집중! 이것이 나의 주문이었다.

나는 학사과정을 급히 끝마쳤다. 그리고 시간 낭비하지 않고 곧장, 유럽연합 장학금 지원서를 움켜잡았다. 장학금 시험을 위해 공부하는 것 말고는 단 1분도 허투루 쓰지 않았다. 나는 닥치는 대로 책을 읽었다.

우편물을 분류하는 중에도, 먹는 중에도, 침대에 누워 라디오에서 흘러나오는 전통 그림자 인형극 〈와양〉 이야기를 듣는 중에도 책을 읽었다. 공공 교통수단 미니밴에서도 책을 읽었다. 자그마한 삼륜택시 안에서도 책을 읽었다. 화장실에서도, 빨래하는 중에도, 걷는 중에도, 고객들이 고함치는 와중에도, 상사가 내 앞에서 욕을 퍼부을 때에도, 그리고 노동자 월례모임 중에도 책을 읽었다. 잠자는 중에도 책을 읽을 수 있다면, 나는 분명 그렇게 했을 것이다. 축구를 하는 중에도 책을 읽었다.(책을 읽는 때가 있었다.) 심지어 책을 읽는 중에도 책을 읽었다. 내 하숙방 벽을 계산법 공식, GMAT 시험 페이지, 동사 시제로 도배했다.

어느 토요일 저녁, 나는 보고르에 있는 안야 시장에 갔다. 나는 이리저리 오고가는 장사꾼 틈에서 포스터를 파는 사람을 보았다. 동그란 안경을 쓴 친근한 얼굴이 내 눈을 사로잡았다. 나는 내 인생의 이즈음에서 영감이 필요하다는 것을 알았다. 나는 포스터 한 장을 샀다. 그날 밤, 존 레논은 내 방 벽에서 미소 짓고 있었다. 포스터 아래쪽, 나는 존 레논이 했던 마법의 말을 써넣었다. 그 말은 언제나 나를 유용한 인간이 되도록 상기시켜주었다.

삶이란 당신이 다른 계획을 세우느라 바쁜 와중에 당신에게 일어납니다!

나는 곧 보고르에 있는 인도네시아과학기구(The Indonesian Institute of Sciences) 도서관의 단골 고객이 되었다. 내가 한때 그렇게나 끔찍이 싫어했던 새벽 우편물 분류 교대를 이제 자원하고 나섰다. 그래야 집에 일찍 돌아가 공부할 수 있었으니까. 내 짐이 버거울 때, 나는 자그마한 종잇조각에 읽은 내용을 요약했다. 그건 린탕이 가르쳐준 연상방법이었다. 나는 배달원이 트럭에서 우편배낭을 내리는 걸 기다리는 사이 그 자그마한 쪽지를 달달 외웠다.

집에서는 밤늦게까지 공부했다. 불면증이 퍽 요긴했다. 나는 아마도 가장 생산적인 불면증 환자였을 거다. 공부에 지칠 때마다 『만약 그들이 말할 수 있다면』을 펼쳤다. 헤리엇과 나는 가장 친한 친구가 되었다.

나는 그 장학금을 반드시 받아야 해. 선택의 여지가 없어. 반드시!

이것이 거울 앞에 설 때마다 내 가슴속에서 울리던 말이다. 그 장학금은 비루한 내 삶에서 벗어날 수 있는 티켓이었다.

가슴 떨리게 하는 시험이 몇 달 앞으로 다가왔다. 시험 응시자로 가득 찬 축구 주경기장에서 예선시험을 치렀다. 7개월 뒤, 나는 최종 라운드에 올랐다. 이번에는 자카르타의 가장 큰 기관에서 면접을 봤다. 최종 면접은 잘생긴 외모의 전직 장관이 진행했다. 그 사람은 완전 골초였다.

"밥맛없는 습관이야."

모건 프리먼이 영화에서 했던 대사가 떠올랐다.

나는 그 기관에 도착했다. 평생 처음으로 넥타이를 맸다. 그건

45장 • 플랜 C

정말 나하고는 영 어울리지 않았다.

어떤 여자가 내게 방 안으로 들어가라고 했다. 그 골초는 입에 담배를 물고서 이미 자리에 앉아 있었다.

그 사람은 내게 자기 앞에 앉으라고 하고는 나를 찬찬히 살펴보았다. 분명 이 촌놈이 해외에서 인도네시아에 수치를 안겨줄 것이라고 생각했던 게 틀림없었다. 그러고서 내가 제출한 자기 소개서를 읽었다. 그 자기 소개서에는 내가 왜 장학금을 받을 자격이 있는지 내가 생각한 이유가 적혀 있었다.

전직 장관은 담배를 크게 한 모금 빨아들였다. 그런데 무슨 마술처럼, 연기가 하나도 밖으로 나오지 않았다. 마치 연기를 빨아들이는 순간 연기를 가슴속에 담아두고 있기라도 한 것 같았다. 그 사람의 눈은 편안해 보였다. 니코틴의 독약을 즐기면서, 천천히 몇 차례 눈을 깜박였다. 그러더니, 몹시 만족스러운 미소를 지으며 담배연기를 밖으로 내뿜었다. 연기가 내 얼굴 앞에서 아른거렸다.

눈이 따끔거렸다. 구역질이 났지만 참았다. 내가 뭘 할 수 있단 말인가? 내 앞에 앉은 남자는 내 미래를 위해 반드시 필요한 티켓을 거머쥐고 있었다. 금방이라도 토할 것 같았지만, 나는 그동안 내내 얌전히 자리를 지키며 그 미소에 화답했다. 마치 비행기 스튜어디스 같은 미소를 머금은 채.

"음, 자기 소개서가 아주 흥미롭군. 자네 주장과 자네가 그것을 영어로 전달한 방식은 아주 인상적이야."

그 남자가 말했다.

나는 다시 미소를 보냈다. 이번에는 보험 판매원처럼.

그는 아직 몰라. 말레이 남자들은 아주 말을 잘해.

나는 속으로 이렇게 말했다.

그러더니, 전직 장관은 내 연구 제안서를 펼쳤다. 거기에는 내 관심영역, 연구자료, 그리고 내가 공부하고 싶은 논문주제가 적혀 있었다. 내가 장학금을 받는다면 말이다.

"아, 이것 또한 꽤 흥미롭군!"

그 남자는 이야기를 계속하고 싶어 했다. 하지만 사랑하는 담배가 더욱 중요해 보였다. 그 남자는 다시 자기 폐를 연기로 채웠다. 감히 말하는데, 그 사람의 가슴을 엑스레이로 찍어보면, 그 안이 분명 새까맣게 타 있을 거다. 그 남자는 이 나라는 물론이고 세계적으로 매우 총명하기로 유명한 사람이다. 그 남자의 우리 나라에 대한 공헌은 결코 적지 않았다. 그런데 어떻게 담배에 대해서는 어찌 그리 아는 게 없는 걸까?

"음, 음······. 이것은 더 공부할 가치가 있는 주제야. 도전으로 가득하군. 자네가 이것을 작성하는 데 도움을 준 사람이 있나?"

그 남자는 연기를 입 밖으로 내뿜으며 환하게 미소 지었다.

나는 이것이 아무런 대답이 필요 없는 수사학적 질문이라는 걸 알았다. 나는 그저 미소만 지었다.

무하마디아 학교, 부 무스 선생님, 팍 하르판 교장선생님, 린탕, 그리고 무지개 분대.

나는 속으로 이렇게 대답했다.

"나는 오랫동안 기다려왔네. 이런 연구 제안서를 볼 날을 말이야. 마침내 때가 왔군. 그것도 우체국 직원한테서 말이야! 그동안 어디 숨어 있었나, 젊은이?"

또한 수사학적인 질문. 나는 미소 지었다. 그리고 생각했다. *에덴서.*

내 제안서는 '트랜스퍼 프라이싱 모형'에 대한 추가적인 연구를 진행하는 것이었다. 나는 특히 텔레커뮤니케이션 서비스 프라이싱 문제를 해결하기 위한 모델을 고안했다. 이것은 텔레커뮤니케이션 조작자 사이에서의 상호접속 분쟁을 해결하기 위한 참조로 활용될 수 있었다. 다변량 방정식을 활용해 그 모형을 개발했는데, 이 원칙은 린탕이 아주 오래전에 내게 가르쳐준 것이었다.

그로부터 얼마 지나지 않아, 나는 유럽 대학에서 공부를 시작했다. 내 새로운 상황은 내가 나의 삶을 다른 각도에서 볼 수 있게 해주었다. 더욱 중요한 것은, 내가 구원받은 느낌이 들었다는 거다. 나는 무하마디아 학교, 부 무스 선생님, 팍 하르판 교장선생님, 린탕, 그리고 무지개 분대에 대한 내 도의적인 부채를 갚았기 때문이었다.

린탕의 세 번째 약속

고물 버스는 덜컹거리며 시장을 지나쳤다. 잡화점 '희망의 빛'은 시야에서 사라졌다. 이윽고 나는 어머니의 집 앞에서 버스를 내렸다.

옆집에서 〈코코넛 섬의 매력〉이라는 노래가 흘러나왔다. 이 노래는 '라디오 리퍼블릭 인도네시아'(인도네시아 공화국 라디오)의 트레이드마크로, 정오 뉴스 시간이 되었다는 걸 알려주었다. 후텁지근하고 나른한 날이었다. 화물차 경적소리가 그 나른함을 깼다. 회전축이 두 개에 폭이 1미터인 바퀴가 18개나 달린 10톤 트럭이었다.

키 작은 남자가 운전석에서 껑충 뛰어내렸다. 그 남자는 모래를 실어 나르는 대형 트럭에 비해 몸집이 너무 왜소했다.

"드디어 집에 왔구나, 이칼! 오늘 정말 바쁘다! 막사로 놀러 와."

그 남자가 소리쳤다.

나는 어깨에 짊어지고 있던 가방 네 개를 내려놓았지만 손을 흔들 기회밖에 없었다. 나는 뿌연 먼지 속에서 손을 흔들며 덩그렇게 남아 있었다. 그 남자는 가버렸다.

다음 날, 나는 그 키 작은 운전자의 초대를 받고 막사를 찾아갔다. 막사는 해안가에 뻗어 있었다. 문은 없었다. 마치 가축우리 같았다. 이곳은 수십 명의 모래 운반자들이 24시간 교대를 위해 쉬는 곳이다. 언제나 바지선을 가득 채우기 위한 데드라인에 쫓겼다. 바지선에는 수천 톤의 벨리퉁의 보물이 실려 있었다.

나는 막사 안으로 들어가 둘러보았다. 가운데 커다란 난로가 있어 운전자들은 바다의 차가운 바람에 맞서 불을 쬘 수 있었다. 구석에 석유통, 담배, 기중기, 각종 열쇠, 기름펌프, 드럼, 그리고 식수 주전자가 놓여 있었다. 모든 것이 어지럽게 널려 있었다. 검정 단지, 깡통, 모기약 상자, 커피, 인스턴트 국수의 빈 봉투가 흙바닥 여기저기에 뒹굴었다. 바닥에는 기도용 융단이 제멋대로 깔려 있었다. 비키니를 입은 여자들의 사진으로 만든 달력이 벽에 삐뚜름히 걸려 있었다. 이미 5월이었지만, 누구 하나 3월 달력을 넘기는 데 관심이 없었다. 모두 3월 모델이 가장 매혹적이라고 생각했던 모양이다.

전날 인사를 나눈 운전자는 이 막사에서 머물고 있는 수십 명의 트럭 운전자 중 한 명이었다. 그 남자는 난로 근처 소파에서 나를 마주 보고 앉았다. 가난과 영양부족에 찌든 지저분한 미혼 남성이었다. 바로 린탕이었다.

나는 아무 말도 하지 않았다. 린탕이 운명과 맞서 싸우느라 지친 것만은 분명해보였다. 팔은 중노동으로 탄탄했지만, 몸은 마르고 빈약해 보였다. 푸석푸석하고 기름투성이의 찌든 피부에도 불구하고, 불꽃같은 총명한 눈빛과 감미롭고 인간미 넘치는 미소는 여전히 린탕의 얼굴에 남아 있었다. 머리칼은 더욱 붉고 훨씬 더 헝클어졌다. 린탕과 막사는 모두 왠지 측은해보였다. 허비된 총명함에 대한 측은함.

나는 말없이 조용히 있었다. 내 가슴은 뻑뻑했다. 막사는 바다로 툭 튀어나온 땅 위에 세워졌다.

통! 통!

소리가 들렸다. 오른쪽 창문으로 밖을 내다보니, 예인선이 바지선을 끌고 천천히 지나가고 있었다. 예인선의 요란한 엔진소리는 막사 기둥을 흔들었다. 시커먼 연기가 밀려왔다. 예인선은 파도와 반짝이는 물살을 남기고 바다의 정적을 깼다. 둥둥 떠다니는 기름에 바닷물이 색색의 유리처럼 보였다.

나는 통통 소리를 내며 지나가는 예인선을 계속 바라보고 있었다. 순간 나는 예인선이 움직이지 않고, 대신 막사와 내가 움직이고 있는 것처럼 느꼈다. 처음부터 나를 관찰하고 있던 린탕이 내 마음을 읽었다.

"아인슈타인의 동시성의 상대성[13]이야."

린탕이 말했다. 린탕은 씁쓸하게 웃었다. 공부에 대한 갈망이 분명 린탕을 힘겹게 했을 거다.

나도 따라 웃었다. 내가 경험했던 것을 린탕이 똑같이 경험하지는 않았다는 걸 이해했다. 우리 둘은 서로 다른 시각에서 똑같은 물체를 바라보고 있었다. 그건 각자 자신의 시각에서 바라본 것이다. 그래서 린탕이 동시성이라고 말한 거다. 이런 시각은 지금의 우리 삶을 바라보는 데 아주 유용했다.

잠시 뒤, 다시 예인선의 소리가 들렸다.

통! 통!

사실, 그건 첫 번째 예인선과는 반대 방향으로 향하고 있는 두 번째 예인선이었다. 첫 번째 예인선의 선미가 아직 완전히 시야에서 사라지지 않았다. 나는 왼쪽 오른쪽을 번갈아 바라보며 지

---

13 동시성(simultaneity)은 적어도 한 개의 기준계에서 같은 시간에 두 개의 사건이 발생하는 성질을 말한다. 동시성의 상대성이란 동시성이란 것이 절대적인 것이 아니라, 관찰자에 따라 변한다는 개념이다.

나가는 예인선의 길이를 비교해보았다.

린탕은 내 행동을 지켜보았다. 나는 린탕이 내 마음을 다시 읽었다는 걸 알았다. 린탕의 이런 재주에 나는 놀라움을 금하지 못했다.

"역설."

내가 말했다.

린탕이 웃었다.

"상대적."

린탕이 대답했다.

내가 역설이라고 말한 이유는 예인선의 크기 때문이었다. 움직이지 않고 있는 주체인 나는 예인선에 있는 사람들이 예측한 것과 다를 것이라고 예상했기 때문이었다.

"아니, 역설이 아니야, 상대적인 거야."

린탕이 다시 대답했다.

"정지된 상태로 바라본 움직이는 물체의 크기와 움직이는 물체는 같은 게 아니야. 증명된 가설이지. 즉 시간과 거리는 절대적인 게 아니라 상대적이라는 거. 아인슈타인은 이 개념으로 뉴턴의 이론을 뒤집었어. 그리고 이것이 상대성이론의 첫 번째 공리야. 이로써 아인슈타인은 유명해졌지."

아, 린탕! 어릴 때부터 줄곧, 나는 내 앞에 있는 이 인물에 대한 놀라움을 감출 수가 없었다. 내 어릴 적 단짝은 지금 일꾼의 판잣집에 살고 있다. 하지만 여전히 무척 예리했다. 린탕의 장난기 어린 눈이 흐릿한 모래투성이 조약돌처럼 변했다 해도, 직관은 여전히 병아리를 염탐하는 매의 눈처럼 예리했다.

이런 생각에 빠진 나는 린탕을 응시하며 견디기 힘든 슬픔을 느꼈다. 내 생각은 상상의 나래를 폈다. 린탕이 하얀 바지와 소매가 긴 푸른 바다색 셔츠, 그 위에 편안한 폴리에스테르 니트 조끼를 입은 모습을 상상했다. 명예로운 과학 포럼에서 논문을 발표하기 위해 무대에 오르고 있다. 그 논문은 분명 바다 생물학 혹은 핵물리학에서의 진보임에 틀림없을 것이다.

어쩌면 린탕은 외국을 드나드는 게 더 어울렸을지 모르겠다. 권위 있는 장학금을 받고, 잘난 척하면서도 사회에 아무런 공헌도 하지 못하는 사기꾼 과학자에 불과한 사람들보다 훨씬 나았을 것이다. 그런 사람들은 자신을 위해 재산을 모으느라 바쁘기만 했다. 나는 린탕의 이름을 과학 저널에 실린 논문에서 읽고 싶었다. 인도네시아의 유일무이한 유전학 전문가로, 초등학교에서 이미 '파스칼의 삼각형'을 이해했으며, 아주 어린 나이에 미분과 적분을 할 줄 알았던 린탕. 나는 모두에게 그가 벨리퉁에 있는 무하마디아 학교의 학생이었으며, 내 짝이었다고 말해주고 싶었다.

하지만 오늘, 린탕은 힘겨운 일을 교대하기 위해 기다리며 앉아 있는 그저 가엾은 남자에 불과했다. 수학자가 되겠다던 고귀한 열망을 쥐꼬리만 한 주급을 위해 밤낮으로 일하며 가차 없이 포기했다. 나는 린탕이 두 눈을 감고 7초도 되지 않아 어려운 수학 문제의 답을 말했던 어린 시절을 떠올렸다. 린탕이 "잔 다르크!"라고 외쳤을 때, 린탕이 퀴즈대회의 왕으로 군림했을 때……. 린탕은 우리 자신감을 솟구치게 만들었다. 그런데 이제 막사 구석에 앉아, 자신의 불확실한 운명을 바라보고 있었다.

나는 서글프게 막사를 둘러보았다. 린탕 부모님의 결혼사진이 벽에 걸려 있었다. 그 사진을 또렷하게 기억했다. 린탕은 퀴즈대회에 그 사진을 가지고 왔었다. 배경은 종이 벽지였는데, 벽에는 초원, 행복해 보이는 가족이 둘러싼 승용차, 그리고 마치 유럽 어딘가에서 들여온 듯한 붉은 잎사귀의 기괴한 나무들이 있었다. 이 날까지, 나는 린탕이 최초의 말레이 수학자가 되는 것을 가끔 상상했다. 하지만 그 상상은 날아가버렸다. 내 아이작 뉴턴이 결국 도달한 곳은 이 문짝 하나 없는 막사 안이었다.

"날 그렇게 불쌍하게 여기지 마, 이칼. 그래도 나는 아버지에게 했던 약속을 지켰어. 어부가 되지 않겠다고 했던 약속 말이야."

이 말은 갈기갈기 찢긴 내 마음을 아예 산산조각 내버렸다. 그리고 이제 나는 화가 치밀었다. 나는 경제적 이유 때문에 이렇게

나 많은 똑똑한 아이들이 학교를 떠나야 하는 현실이 실망스러웠다. 나는 거들먹거리며 잘난 척했던 멍청한 사람들을 모두 저주했다. 나는 자신의 교육기회를 내팽개쳐버리는 부잣집 아이들이 미웠다.

벨리퉁 섬, 아이러니의 섬

이 이야기의 가장 슬픈 부분이다. 이파리 하나도 신이 알지 못하고는 떨어지지 않는 법이니, PN을 바벨탑과 비교하는 것은 그리 어리석은 일은 아닐 거다. 적절한 유추다. 우리 방카-벨리퉁이 세워졌을 때, 그 공식적인 약자가 *바벨*이었으니까.

1990년대 초, 세계 주석 가격은 1,000kg당 16,000달러에서 5,000달러로 곤두박질쳤다. PN은 즉각 타격을 입었다. 모든 생산시설이 문을 닫았다. 수만 명의 직원이 임시 휴직을 했다. 그것은 인도네시아에서 그리고 어쩌면 이 세상에서, 지금까지 보지 못했던 가장 큰 규모의 일시해고였을 것이다.

PN이 전성기를 구가하던 때로 되돌아가보면, 아마도 PN이 바빌론과 레무리아처럼 위선 위에 세워졌기 때문에 신은 그 세 곳을 완전히 파괴해 벌주었을지도 몰랐다. 어찌 파괴되었는지 굳이 상세히 탈무드에 기록할 필요는 없었을 것 같다.

아무 경고도 없이, 수백 년 동안 지배해온 걸리버 같은 회사가 하루아침에 무너졌다. 그래서 바벨은 저주였다. 신은 바빌론에서 타락을 무너뜨렸던 것과 똑같이 벨리퉁에서 거만함을 무너뜨렸다.

세계 주석 가격의 곤두박질은 세계 경제위기와 더불어 주석을 대체할 물질이 발견되었기 때문이기도 했다. 게다가 중국과 같은 나라에서 주석탄광을 발견해 상황은 더욱 악화되었다. 그래서 PN은 어항 안에서 거실바닥으로 내던져진 물고기처럼 숨을 헐떡였다.

중앙정부는 수년 동안 정기적으로 수십 억 루피아의 로열티와 배당금을 받아 챙겼으면서도, 갑작스레 마치 이 자그마한 섬을 생전 처음 보는 것처럼 굴었다. 벨리퉁 사람들이 대량해고에 대한 불공정한 보상에 대해 비명을 내지를 때 중앙정부는 못 본 체했다. 결국, 단물만 쪽 빼먹고 내팽개쳤다. 노조와 단결이라는 말은 암탉이 황금알 낳기를 멈추자 감쪽같이 사라져버렸다. 벨리퉁 섬은 한때는 수백만의 빗해파리의 반짝이는 푸른빛이었지만, 하루아침에 둥둥 떠다니는 유령선처럼 침울해졌다. 우울하고도 외롭게 버려졌다.

가장 큰 케이오 펀치를 맞은 사람은 당연히 사유지에 살던 스태프였다. 자신의 지위와 이미지를 잃었을 뿐만 아니라, 오랫동안 봉건적인 사고방식에 안주해오다 갑자기 아무런 보호를 받지 못하고 가난에 빠졌기 때문이었다. 인성의 대량학살이었다.

일 년에 두 번 자바의 사치스러운 PN 영빈관으로의 여행은 이제 가족을 부양하기 위해 밭을 갈고, 산을 타고, 물고기를 잡고, 땅을 파고, 덫을 놓고, 굴을 파고, 물속에 뛰어 들어야 하는 일과 바꾸어야 했다. 동굴에서 속삭이던 구석기시대 레무리아 그림에 관한 마하르의 이야기는 마침내 현실이 되었다. 그 그림은 벨리퉁의 거대한 권력이 무너질 것이라고 경고했었다. 그 거대한 권력은 바로 PN 티마였다. *레무레스 : 쫓겨난 영혼이 다시 일어난다.* 사유지 주민들은 시대 착오적인 행동을 하기 시작했다. 그들은 숲에서, 그리고 강 아래에서 음식을 찾았다. 과거 고대 말레이 사람들이 했던 것과 똑같이 원시적으로 살았다.

역경에 익숙하지 않았기에, 자카르타의 값비싼 사립대학에 다니며 형편에 맞추어 생활을 꾸려나가지 않으려는 말 안 듣는 아이들은 말할 것도 없고, 스태프의 스트레스는 더욱더 커져만 갔다. 결국 발작, 심장수술, 돌연사, 학교 중퇴, 그러다 엄청난 부채에 허덕이는 생활로 운명이 달라졌다. 어쩔 수 없이 현실을 받아들였다.

현실을 받아들이지 않는 사람들은 상처 입은 삶을 살았다. 갑작스러운 가난을 받아들일 수 없었던 사람은 이미 떠나버린 권력과 부를 과시하기 위해 일그러진 허풍을 떨었다. 그들은 결국 동네 찻집에서 놀림감이 되고 말았다. 자신을 기만하는 사람들과 잃어버린 권력에 고통 받는 증후군에 시달리는 사람들은 오래가지 못했다. 그런 사람들은 곧 방카 섬 정신병원에 감금되었다. 관람차가 순식간에 방향을 틀었다. 그러자 승객들은 뒤로 나자빠졌다.

PN 학교의 위대함은 지구의 뱃속으로 사라졌다. 대다수의 학생들은 학교를 떠나거나 가족과 함께 벨리퉁 섬을 등지고 원래의 고향으로 돌아갔다. 그 사람들이 무얼 신경 쓴단 말인가? 벨리퉁은 그 사람들의 고향이 아니었다. 그곳을 유령 섬이 되게 내버려두자. 토착 원주민들이 그 결과를 감수하게 내버려두자. PN 학교 학생들이 남기고 간 물건들은 탄중판단의 공립학교에 넘겨졌다.

싸움

사유지는 버려졌다.

사유지의 빅토리아풍 주택들, 신데렐라 이야기의 동화 속 나라는 즉각 드라큘라와 그의 가족이 살고 있는 카르파티아 산맥으로 변했다. 밤이면 이곳은 칠흑처럼 캄캄했다. 반얀 나무는 더 이상 아름답지 않았다. 대신 악령이 들끓는 땅으로서의 본성을 드러냈다. 두툼한 입술이 큰길에 드리웠다. 마치 그 아래를 지나가는 것은 죄다 먹어치우려 독을 잔뜩 품고 있는 것 같았다. 인공 호수는 왕도마뱀의 소굴이 되어버렸다.

1998년, 인도네시아 사람들은 개혁을 요구했다. 용감한 학생들은 32년간 권좌에 있던 수하르토 대통령을 하야시켰다. 수하르토의 권위주의 정부는 종말을 고했다.

벨리퉁 사람들은 사유지가 권위주의 정부의 비호를 받아왔다고 생각했다. 그러니 이제 주인은 없다고 당연히 생각했다. 자카르타에서의 혼돈에 고무되어, 어느 날 밤 수천 명의 사람들이 사유지를 공격해 들어갔다. 사유지는 전쟁터가 되었다.

원주민들은 PN이 벌려놓은 격차에 대한 분노를 수십 년 동안 억눌러왔다. 원주민들은 자신들이 불공정하게 대우받아왔다고 느꼈다. 재산이 파괴되고 땅을 빼앗겼는데 이제 주인이 없으니 거주지역의 호화로운 빅토리아 주택들을 약탈했다. PN 특수경찰은 목숨이나마 부지하려 도망쳤다. 자신들의 끔찍한 대우에 대해, 부르주아에 대해 보복하는 프롤레타리아처럼, 사람들은 벽을 허물고 지붕 타일을 뜯어내고 거위를 잡고 울타리를 허물고 문짝을 훔치고 창문틀을 잡아 뜯고 유리로 만든 것은 닥치는 대로 죄다 깨트리고 바닥에서 타일을 뜯고 커튼을 떼어내 훔쳐 갔다.

또한 *"권리 없는 자, 출입금지."*라는 경고판을 떼어내 집으로 가져갔다. 마치 베를린 장벽의 기념품 조각 같았다. 몇몇 분노한 약탈자들은 커다란 대형 소파에 앉아 몸을 쉬었다. 그리고 값비싼 테라코타 탁자에서 식사를 했다. 마치 자기가 스태프라도 되는 듯 굴었다. 그러고 나서 다시 노략질을 했다.

최고위 PN 관료의 주택은 사막 산 정상의 성처럼 장엄하게 서 있어서 거기서는 남중국해의 장관을 볼 수 있었는데, 이제 구석 구석 노략질당하고 파괴되었다. 마침내 아무것도 남지 않았다. 아시아에서 가장 커다란 발전기는 불에 타 아무 흔적조차 남지 않았다.

PN 대형병원도 박살나 산산조각 나고 말았다. 의료기기는 거리에 여기저기 나뒹굴고, 휠체어와 검진대는 집으로 가져갔다. 그때 뭔가 썩은 냄새가 났는데, 알고 보니 레베놀(Revenol) 상자였다. 부자들의 악취와 가난한 자들의 부주의의 결과였다.

약탈은 며칠 동안 이어졌다. 전화선은 끊겼다. 전기가 흐르는 고압볼트 전기선을 도끼로 자르는 바람에 유성 소나기처럼 자그마한 불꽃이 일었다. 준설기는 조각조각 잘려나가 킬로그램당 팔려나갔다. 강력하고 거만한 왕조가 산산조각 나버렸다. PN이 사라지자 전 세계에 주석 섬으로서의 벨리퉁을 유명하게 해준 회사의 권력을 상징했던 모든 빛이 희미해져갔다.

이상한 일은 토착 원주민들은 이제 원하는 곳이라면 어디서든지 마음대로 주석을 캐낼 수 있었다는 거다. 벨리퉁 섬의 경제를 끌어올리기 위해 사람들은 자기 집 뒷마당에서 주석을 캐내 그것을 자기들이 세운 주석시장에 내다팔았다. 마치 고구마처럼 말이다. 과거에, PN은 이런 행동을 *반역죄*로 간주했었다.

토착 원주민들은 맨손으로 주석을 날랐다. 또한 새로운 학교를 열어 린탕과 같은 수많은 아이들을 구원해주었다. 벨리퉁 섬에서, 거대한 회사도, 정부도 아닌, 가난한 사람들 스스로가 모든 시민을 위한 기본적인 인권으로서의 교육을 회복하는 데 성공했던 것이다.

포기하지 마라

우리 학교는 우리가 떠난 뒤 몇 년 동안 꿋꿋하게 버텼다. 너를 멸하지 못하는 것은 너를 더욱 강하게 만들 것이라는 판에 박힌 말을 우리 학교는 여러 번 증명했었다.

되돌아보면, 우리는 지긋지긋한 사마디쿤 씨의 위협을 견뎌냈으며, 학교를 갈아엎으려는 준설기에 맞섰으며, 매일매일 우리를 질식시키던 경제적 어려움도 견뎌냈다. 하지만 무엇보다도, 우리는 열등감과 더불어 교육의 힘을 불신하는 우리 스스로가 가하는 가장 큰 위협에서도 살아남았다.

우리의 무너진 자존심은 심각했다. 그것은 수년 동안 PN이 조직적으로 우리를 차별한 결과로 우리의 삶 구석구석에 퍼져 있었다. 그것은 우리가 맞서 싸우고 꿈꾸는 걸 두렵게 했다. 하지만 마하르와 린탕과 같은 아주 특별한 친구들이 우리에게 용기를 심어주었고, 부 무스 선생님과 팍 하르판 교장선생님은 우리를 보호해주었다. 그분들은 우리 앞에 놓인 어떤 어려움도 우리가 이겨낼 수 있도록 도와주었다.

그렇지만 결국, 우리 학교는 사라졌다. 가장 강력하고, 가장 잔인하고, 가장 무자비하고, 싸우기에 가장 힘든 눈에 보이지 않는 적에게 지고 말았다. 그것은 학생, 교사, 심지어는 교육 시스템 그 자체를 마치 해로운 종기처럼 서서히 갉아먹었다. 그 적은 바로 물질주의였다.

현재의 교육계는 팍 하르판 교장선생님처럼 학교를 바라보지 않았다. 즉, 지식이란 자기가치에 관한 것으로, 교육을 더 이상 공동체와 더불어 사는 삶의 추구로 바라보지 않는다. 교육은 그저 단순히 다음 단계로 올라가는, 돈을 벌어 부자가 되는 수단이 아니다. 교장선생님은 학교를 인간을 사랑하는 시선으로 바라보았다. 위엄, 배우는 즐거움, 문명의 빛을 상징하는 것이었다. 하지만 오늘날 학교는 더 이상 인성을 배양하는 곳이 아니다. 그저 부자가 되고 유명해지는, 학문적 타이틀을 과시하고 권력을 획득하는 자본주의적인 계획의 일부일 뿐이다.

때문에 아이를 무하마디아 마을학교에 보내려는 부모는 더 이상 없었다. 학교 건물은 더 기울었다. 팍 하르판 교장선생님이 처음 학교를 세울 때 직접 지고 왔던 신성한 기둥, 우리가 키를 재곤 했던 그 기둥은 손써볼 수 없는 지경까지 기울었다.

어느 슬픈 저녁, 비가 내린 뒤 일곱 빛깔 무지개가 하늘에 반원을 그리며 미랑 강의 상류에서 시작해 링강 강 다리 근처 맹그로브 숲으로 떨어졌다. 무지개가 나타난 그 순간, 신성한 기둥은 마침내 완전히 무너졌다. 거의 120년이나 된 전설적인 학교는 아무도 모르게 무너져 내렸다. 그렇게 우리 어린 시절의 드라마, 무지개 분대가 뛰어놀던 무대도 사라졌다. 다음 날, 사람들은 학교가 마치 중상을 입은 짐승처럼 땅에 드러누워 있는 걸 발견했다.

세찬 바람에 학교가 무너지고 나서 부 무스 선생님은 잠깐 교직을 그만두고 바느질 일만 했다. 하지만 교직은 선생님의 진정한 소명이었다. 교사라는 직업을 부 무스 선생님처럼 사랑한 사람을 본 적이 없다. 자기 일에 부 무스 선생님처럼 그렇게 행복해한 사람을 본 적이 없다. 선생님은 나중에 다시 교직으로 돌아가기로 했다. 이윽고 공립 초등학교에 교사로 들어갔다. 하지만, 린탕과 마하르처럼 괄목할 만한 학생은 지금껏 만나본 적이 없다고 말했다.

엄청나게 많은 물건을 잡화점 '희망의 빛' 밖으로 옮기느라 낑낑대고 있는 일꾼을 보고 웃음을 참느라 배가 아플 지경이었다. 그 일꾼은 고릴라처럼 어기적거리며 걸었다. 마치 정신병 No. 5가 발동하던 순간 내가 그의 다리 사이를 발로 찼을 때처럼 말이다. 반쪽짜리 테니스 공으로 가슴 근육을 키우던 때 말이다.

오랜 세월이 흘렀다. 그래도 나는 한눈에 알아봤다. 삼손은 자신의 남자다운 이미지가 손상되는 걸 진짜 싫어했다. 삼손은 그 많은 짐을 모두 나르고 픽업트럭에 싣느라 죽을힘을 다했다.

삼손은 오동통한 픽업트럭 여주인한테서 돈을 받았다. 공손하게 고개를 끄덕이며 고맙다고 말하고는 가게로 되돌아갔다. 삼손이 가게 주인한테 돈을 건네자 가게 주인은 행운을 빌며 물건 위로 돈을 펼쳐 부채질했다. 가게 주인의 부인은 고개를 절레절레 저었다. 나는 가게 주인의 머리모양을 보고 누군지 금세 알아차렸다. 아 키옹의 머리는 여전히 깡통처럼 생겨먹었다.

그래도 아 키옹의 운명은 나보다 훨씬 낫구나! 적어도 부인은 있었으니까. 사실, 아 키옹의 부인은 어린 시절 최대의 라이벌 사하라였다.

시간이 날 때마다 삼손, 아 키옹, 사하라는 하룬을 만나러가곤 했다.

하룬은 여전히 똑같은 이야기만 했다. 세 줄 무늬 고양이가 그 달의 3일에 세 마리 새끼 고양이를 낳았는데, 새끼 고양이도 세

줄 무늬가 있다는 이야기 말이다. 예전처럼, 사하라는 성실하게 진심으로 그 이야기를 들어주었다. 예전에 하룬은 어른의 몸에 갇힌 아이였다면, 이제는 아이의 마음에 갇힌 어른이었다.

하룬은 자주 트라파니를 찾아갔다. 트라파니는 이제 병원에서 퇴원했다. 하룬은 매주 금요일 오후 자전거를 타고 40킬로미터 떨어진 트라파니의 집으로 갔다. 하룬은 언제나 오후 3시에 출발했다.

하룬의 소망은 조금도 바뀌지 않았다. 어른이 되면 여전히 트라파니가 되고 싶었다. 오랜 시간, 하룬은 자신의 실현되지 못한 꿈에 슬퍼했다. 그건 트라파니는 어른이었고, 하룬은 이미 중년이었으니까. 이것을 깨닫기까지 아주 오랜 시간이 걸렸다. 그리고 나는 여전히 그것에 대해 확신이 없다. 퍽 난해한 문제다.

우리의 현재 상황을 판단한다면, 나의 열정은 무너져 내렸다. 트라파니가 되고자 했던 하룬도, 선생님이 되겠다던 트라파니의 열정도, 수학자가 되고자 했던 린탕의 열정도……. 그리고 아 키옹은 선장의 모자 속에 자신의 사각 머리통을 숨기고자 했던 희망을 잃어버린 게 분명했다. 아 키옹의 부인 사하라 또한 여성 인권운동가가 되지 못했다.

내 생각에, 가장 안타까운 사람은 삼손이었다. 삼손은 영화관에서의 티켓 판매원이 되려던 자신의 단순한 목표도 이루지 못했다. 삼손은 언제나 우리 중에서 가장 비관적이었다. 나는 사방에서 보아왔다. 이 세상에서 가장 불행한 것은 비관주의자이다.

반면, 사흐단은 배우가 되겠다던 꿈을 여전히 좇고 있었다. 자카르타에서 근근이 생활하며 극단에 들어가기는 했지만, 문제는 인도네시아에서 사람들이 연극을 거의 보지 않는다는 것이었다. 사흐단은 자카르타에서 미아가 된 것 같았다. 사흐단에 대한 소식은 아무도 몰랐다.

마하르로 말할 것 같으면, 주문[14] 주술사가 되겠다는 실현되지 못한 꿈을 결코 포기하지 않았다. 그래도 예전처럼, 진지하게 받아들이지는 않았다. 마하르는 여전히 미래는 신에 속하며, 돌고 도는 운명을 성실하게 기다릴 것이라고 확신했다. 더욱이, 마하르는 전통적인 아이들 장난감에 대한 특허를 준비하느라 아주 분주했다. 우리가 우기 때 흔히 갖고 놀던 *피낭 한투* 잎 말이다.

무지개 분대의 마지막 대원 플로는 자기 소망을 접은 적이 결코 없었다. 우리는 플로가 은행원과 결혼했다는 걸 나중에야 알게 되었다. 지금은 존재하지 않는 *유령클럽*의 회원이었던 그 사람 말이다.(해적섬 탐사가 주술사가 건넨 우스꽝스러운 메시지로 끝난 뒤, 모임의 대장 마하르는 *유령클럽*의 모든 활동을 중단했다.)

---

14 (병의 치료, 좋은 일 등을 위한) 주문(呪文).

무지개 분대 시절, 쿠카이는 언제나 놀림을 당했다. 성적표 점수가 나올 때마다 낮은 점수 때문에 언제나 우리한테 놀림을 받았다. 쿠카이는 수학에서 늘 백조(2점)를 받았다. 자연과학 점수는 언제나 박쥐(3점)였다. 쿠카이와 하룬은 우리 반에서 꼴찌를 도맡아 했다. 하지만 지금 쿠카이를 보라. 가장 어리석다고 여겼던 쿠카이는 우리 반에서 유일하게 자신의 소원을 이룬 사람이었다.

쿠카이는 사교적인 인물이었다. 아주 어릴 때부터 우리의 문화를 아주 명쾌하게 꿰뚫고, 우리 사회의 가치체계가 어떻게 돌아가는지를 제대로 이해했다. 인기영합주의자가 자신을 드러내기에 충분할 정도의 기교를 갖춘다면, 그는 분명 정치적으로 성공할 수 있는 기회를 얻을 것이다. 그래서 아주 일찌감치, 쿠카이는 자신의 가장 뛰어난 자질을 끊임없이 유지했다. 즉, 인기영합주의자, 억지스러운 논객, 쥐뿔도 모르면서 아는 체하는 사람, 게다가 뻔뻔스럽기까지 한 인간. 결국, 쿠카이는 정당의 입후보자가 되었고, 그러고 나서 의원이 되는 자신의 플랜 A를 성공적으로 실현했다. 그렇다면 누가 진정한 천재인가? 언제나 일등을 독차지하던 린탕인가? 아니면 언제나 꼴찌를 도맡아 하던 쿠카이인가?

의원으로 선출되고 나서 쿠카이는 동네 찻집에서 열린 축하모임에 우리를 초대했다. 그러고 나서 우리에게 감사의 말을 전했다. 특히 린탕에게. 쿠카이가 말하길, 린탕은 자신에게 영감을 주는 친구였다고. 쿠카이는 눈물을 참느라 얼굴이 일그러졌다.

"린탕, 내 친구, 지금의 내가 될 수 있게 해주어 정말 고맙네."

쿠카이는 3류 정치인답게 말했다.

쿠카이의 눈은 젖어들었다. 쿠카이는 린탕을 슬프게 바라보았지만, 눈동자는 하룬을 바라보는 듯했다.

물질주의적인 측면에서 보면, 무지개 분대 대원들의 미래가 안정적이라고 말할 수 없다. 하지만 우리가 가난한 학교에서 비범한 선생님들과 함께 공부할 기회가 있었던 것은 크나큰 행운이었다. 그분들이 우리에게 공부를 고맙게 생각하고, 학교와 사랑에 빠지게 하고, 즐겁게 배우는 기쁨을 누리게 해주었다.

오늘의 우리는 아주 오래전 학교에서 만들어졌다. 하지만 그 마법과도 같던 시절의 가장 소중한 교훈은 곽 하르판 교장선생님이 우리에게 가르쳐주었던 것으로, 나는 무지개 분대 대원 각각의 얼굴에서 그것을 볼 수 있었다. 우리는 가능한 한 많은 것을 갖는 것이 아니라 가능한 한 많은 것을 베푸는 마음을 배웠다. 그 정신은 아무리 가난하더라도 우리로 하여금 언제나 감사할 줄 알게 했다. 가난한 곽 하르판 교장선생님과 부 무스 선생님은 우리에게 가장 아름다운 어린 시절, 우정, 풍요로운 영혼, 그 값어

치를 평가할 수 없는 대단한 것, 심지어 꿈보다 더 소중한 것을 선물해주었다. 어쩌면 내가 틀렸을지도 모른다. 하지만 내 생각에, 이것은 사실상 교육을 숨 쉬게 하는 생명력이고, 학교라는 기관의 영혼이다.

나는 머나먼 이국땅에서 공부를 계속할 기회를 갖게 된 걸 행운이라고 느꼈다. 후에 나는 배낭을 메고 여러 곳을 여행했다. 가는 곳마다, 나는 사람들이 각각의 사회 시스템 안에서 서로 어떻게 얽혀 있는지, 자신의 삶을 어떻게 바라보는지 늘 관심을 갖고 지켜보았다. 나는 삶의 관찰자로서의 내 비공식적인 직업을 즐겼다.

나는 다양한 종교 지도자들을 만나 삶의 지혜를 물어보았다. 사람들이 보헤미안처럼 살며 자신의 삶에서 평화를 추구하는 것도 보았다. 또한 사람들이 마음의 평화를 찾기 위해, 스스로를 온전히 믿음에 헌신하기 위해 메카, 인도, 베들레헴, 그리고 히말라야를 향해 떠나는 것도 보았다. 나는 절박하게 자아를 찾는 사람들도 가끔씩 만났다. 이들 모험가들은 때로 경찰이 그 행방을 찾아나서는 것으로 끝이 난 경우도 있었다.

나는 많은 경험을 통해 결론을 얻으려 노력했다. 하지만, 분명 그렇게 멀리까지 여행할 필요는 없었다. 나는 세계를 정복할 필요도, 다양한 사람들을 만날 필요도 없었다. 최종 결론, 내가 믿었던 지혜는 내가 무지개 분대 친구들과 함께한, 결국 바람에 쓰러진 그 학교에서 배웠던 잊지 못할 시절로부터 얻은 단순한 철학이었다.

지혜는 초라한 학교 그 자체만큼이나 아주 단순했다. 운, 노력, 운명은 인간을 만들고 안락하게 흔들어주는 세 개의 푸른 산맥과 같다. 이 산맥은 서로 협력해 미래를 만들어낸다. 그런데 그것들이 어떻게 협력하는지 사람들은 잘 이해하지 못한다. 살다 보면 어느 순간, 패배한 사람들은 그것을 신 탓으로 돌린다. 그런 사람들은 가난하면, 그것은 신이 가난을 자신의 운명으로 만들었기 때문이라고 말한다. 노력하는 데 지친 사람들은 가만히 있으면서 운명이 자신의 운을 바꾸어줄 것을 기다린다. 열심히 노력하지 않으려는 사람들은 자신의 운을 받아들이는데, 자기가 운명을 바꿀 수 없다고 믿기 때문이다. 결국, 이런 사람들은 모든 것은 이미 예정되어 있다고 믿는다. 그러므로 악마의 고리가 게으른 자를 둘러싼다. 하지만 내가 가난한 학교에서의 경험을 통해 확실히 배운 것은 '열심히 노력하는 삶은 눈가리개를 쓰고 바구니에서 과일을 들어 올리는 것'이라는 점이다. 우리가 결국 어떤 과일을 들어 올리든, 적어도 우리는 과일을 갖는다. 반면, 열심히 노력하지 않는 삶은 어두컴컴한 방 안에서 눈을 감고 고양이를 찾는 것과 마찬가지다. 사실, 고양이는 그 방 안에 있지도 않은데 말이다.

　이 단순한 지혜의 정수가 내가 언제나 배우고 열심히 일하도록 해주었던 것 같다. 내가 똑똑한 학생이었기 때문이 아니라, 이런 믿음이 있었기에 내가 유럽에서 공부를 끝마칠 수 있었으리라 나는 확신한다. 나는 인도네시아로 돌아와 통신회사에 취직했다.

　2004년에 그 회사에서 일하고 있을 때, 비운의 해일이 아체를 덮쳤다. 수십만 명의 사람들이 죽었다. 나는 자원봉사를 하며 3주 동안 아체에 있었다.

　자원봉사 일을 마치고 아체 공항으로 가는 길에, 나는 우연히 머리 스카프를 한 어린 소녀를 보았다. 소녀는 플래카드를 들고 길가에 서 있었는데, 소녀 뒤에 해일로 파괴된 학교가 있었다. 소녀가 들고 있는 플래카드에 이런 글이 적혀 있었다.

　이리 와, 학교를 포기하지 마.

　나는 소스라치게 놀랐다. 그 소녀는 아마 교사인 듯했다. 재난이 휩쓸고 간 자리에서 자기 학생들에게 남아 있는 것을 그러모으려고 애쓰는 선생님. 나는 소녀를 보며 흐르는 눈물을 애써 참았다. 나는 소녀의 강인함에 감동받았다. 그 순간 나는 학생을 잃는 것은 영혼의 절반을 잃는 것과 같다고 말했던 부 무스 선생님을 떠올렸다.

나는 내 오래된 약속이 생각났다. 6학년 때, 부 무스 선생님이 빗속에서 바나나 잎을 우산처럼 쓰고 비를 피해 학교 운동장을 가로질러 올 때 했던 약속. 어린 가슴 깊숙이, 나는 맹세했다. 부 무스 선생님을 위해 책을 쓰겠다고. 그 책은 선생님에 대한 나의 선물이 될 것이다. 내가 진정으로 감사하고 있으며, 선생님이 내게 베풀어준 모든 것을 소중하게 생각한다는 것에 대한 증거.

이틀 뒤 반둥에서, 나는 일을 끝내고 집으로 돌아왔다. 그리고 책을 쓰기 시작했다. 그러는 내내 내 얼굴에서 미소가 가시지 않았다. 낄낄거리며 울고 웃었다. 초조함 속에서, 밤늦게 혼자 흐느끼고 있는 나를 발견했다. 나도 모르는 사이, 600쪽을 써 내려갔다.

마지막으로, 책 맨 앞에 이렇게 쓰니 마음이 편했다.

나는 이 책을 우리 선생님께 바칩니다.
이부 무스리마 하프사리와 바팍 하르판 에펜디 누르.
아울러 내 열 명의 어릴 적 친구, 무지개 분대 대원들에게도.

**Setiap warga negara
berhak mendapat pendidikan**

(Undang-Undang Dasar Republik Indonesia, Pasal 33)

모든 시민은 교육받을 권리가 있다.

(인도네시아 공화국 헌법, 제33조)

끝